네 남자의
몽블랑

네 남자의 몽블랑

뤼도빅 에스캉드

최정수 옮김

mujintree
뮤진트리

▪ 일러두기

- 이 책은 Ludovic Escande의 《L'ASCENSION DU MONT BLANC》(Allary Editions, 2017)을 우리말로 옮긴 것이다.
- 책 제목은 《 》로, 잡지 · 논문 · 작품 제목은 〈 〉로 표기했다.
- 옮긴이의 주는 본문 하단에 번호를 붙여 각주로 달았다.

베레니스, 트리스탕
그리고 에두아르에게

불꽃. 나는 이 단어를 좋아한다. 이 단어를 들으면 화재火災가 연상된다. 사람 한 명이 불길 속에서 튀어나온다. 〈판타스틱 포Fantastic Four〉에 나오는 슈퍼히어로처럼 몸에 불이 붙은 채이다. 밤이면 나는 불면증에 시달리며 거실에 홀로 앉아, 뒷바퀴에 불꽃이 일 정도로 빠르게 아스팔트 위를 질주하는 오토바이 영상들을 유튜브로 감상한다. 그들의 열정에 매혹된다. 낮이면 사무실에서 초연한 태도로 모든 문제들을 해결한다. 나는 무사태평함만이 절대적 힘이라고 생각한다. 사물에 대한 초연함은 나의 하루하루를 지탱해주는 아편이다. 우리 부부는 불타듯 뜨거운 관계는 아니다.

나는 인생의 가장 파란만장했던 시기에 작가 실뱅 테송과 저녁 식사를 했다. 나는 작가들과 함께 시간 보내는 것을 좋아한다. 어느 대학교수가 재즈 뮤지션들은 보통 사람들과 다르다고 이야기한 적이 있다. 오랫동안 그 말이 내 머릿속을 맴돌았다. 사실 나도 예술가나 작가들은 우리와 다르다고, 그들은 규범의 영향을 덜 받는다고 생각한다. 물론 우리도 그들처럼 아무렇지 않게 탈선할 수 있지만, 레드카드를 무릅쓰지는 못한다.

때는 10월 말이었다. 해가 짧아졌고, 대기는 잿빛이었으며, 어둠이 짙었다. 실뱅은 뤽상부르 공원 근처의 작은 선술집을 약속 장소로 골랐다. 거기서 그의 새 책에 관해 이야기를 나눌 예정이었다. 이상하게도 편집자로서 내 직업과 관련된 일에는 기꺼이 시간을 내게 된다. 당시 나는 모든 일에 마음을 닫고 있는 상태였는데 말이다. 선술집의 분위기가 상당히 민속적이어서, 마치 영화 〈파리 대탈출La Grande Vadrouille〉[1]에 나오는 여인숙 같았다.

"여기 괜찮죠." 실뱅이 미소 띤 얼굴로 나에게 말했다.

"난 요리가 조금 걱정되는데."

"피카르디 식 딸기 타르트 빼고는 나쁘지 않은 편이에요."

"왜 굳이 이곳으로 약속을 잡은 건가?"

"우리처럼 강박증이 있는 도시 사람들에겐 이런 곳도 신선하잖아요."

티롤 사람처럼 차려입은 풍만한 몸집의 여자가 손에 메뉴판을 들고 우리 테이블 앞에 서 있었다.

"무엇을 드릴까요, 신사분들?"

우리는 신중을 발휘해 '오늘의 요리'를 주문했다….

"음식에 와인 좀 곁들이시겠어요?" 여자가 물었다.

"뭐가 좋겠어요, 뤼도빅? 화이트 와인 아니면 레드 와인?"

"난 화이트 와인이 좋아."

"화이트 와인이면 끝이죠. 훌륭한 선택입니다. 한 단지 주세요."

"한 병이 낫지."

실뱅이 반은 놀라고 반은 호기심에 사로잡혀 나를 바라보았다.

---

1) 1966년에 개봉된 제라르 우리 감독의 프랑스 코미디 영화. 2차 세계대전 중 독일 점령하의 프랑스에 불시착한 영국 공군 조종사들이 프랑스인들의 도움을 받아 탈출하는 내용을 담고 있다.

"알겠습니다. 저기요, 아주머니, 한 단지가 아니라 한 병입니다. '저녁 식사에 술을 곁들이려면 밤새도록 잔치를 벌여라'가 우리의 신조거든요."

샤블리 와인과 실뱅의 즐거운 태도에 내 마음이 조금 누그러졌다. 하지만 내면에는 희미한 불신의 목소리들이 여전히 웅성거리고 있었다. 내가 겪고 있는 삶의 혼돈에 대해 그에게 이야기하기가 망설여졌다. 일을 통해 알게 된 사람에게 사적인 이야기를 한다는 건 쑥스러운 일이다.

"몇 달 전부터 집사람과 관계가 좋지 않아. 아무래도 이혼하게 될 것 같네."

"저런, 안됐네요⋯." 실뱅이 어두운 표정으로 말했다. "잘 지내시는 줄 알았는데. 그래도 견뎌내야 해요."

"우린 서로 멀어졌다는 걸 깨닫지 못했어. 특히 내가. 확실히 내 쪽이 문제가 많아."

나는 샤블리 와인을 한 모금 더 삼켰다.

"오늘 오토바이로 집에 돌아가실 거예요?" 실뱅이 물었다.

"그것 말고는 선택의 여지가 없지. 교외에 살면 RER$^{2)}$을 타는 것보다 그게 더 편해."

"오늘 같은 날은 대중교통으로 세르지 퐁투아즈[3]에 가는 것보다 유로스타를 타고 런던에 가는 게 더 쉬울 걸요. 집까지 가는 데 시간이 얼마나 걸려요?"

나는 아무 문제없이 공중을 가르고, 주변이 암흑에 묻혀 있을 때 어둠을 환히 밝히는 열정적인 슈퍼히어로들을 상상했다.

"정확히 얼마나 걸리는지는 모르지만, 난 무척 빠르게 달리는 편이야. 그러면 나 자신에 대한 의문에서 벗어날 수 있거든."

"옳거니, 속도를 즐기시는군요. 그건 강력한 마약과 같죠."

"일상에 노예처럼 붙들려 살지 않고, 자네처럼 떠나고 싶을 때 마음대로 떠나고 싶군."

"어디로 떠나고 싶으신데요?"

"높은 곳, 아주 높은 곳에 가서 이곳과는 다른 공기를 호흡하고 싶어. 산꼭대기까지 올라갈 수 있다면 좋겠지. 하지

---

2) Réseau Express Régional, 수도권 고속전철.
3) 프랑스 파리 서북쪽 30킬로미터 지점에 있는 신도시.

네 남자의 몽블랑

만 그건 불가능할 거야, 난 이곳에 처박혀 살고 있으니까."

"왜 불가능해요?"

"난 등산가도 아니고, 높은 곳에 올라가면 겁이 나거든. 자네처럼 그런 일에 강하지 못해."

"그건 강하고 약하고의 문제가 아니에요." 실뱅이 잠시 입을 다물었다가 다시 말했다. "뤼도빅, 제가 당신을 몽블랑 mont Blanc 꼭대기로 데려갈게요!"

그러고는 건배하려고 자기 잔을 들어올렸다.

"자네 지금 농담해?"

"전혀요. 저는 무척 진지해요. 사람들은 몽블랑에 대해 야단법석을 떨고 과장하죠. 하지만 훈련을 좀 하고 좋은 등산화만 신으면 충분히 정상에 올라갈 수 있어요. 장비들은 제가 빌려드릴게요. 신발 사이즈가 어떻게 돼요?"

"음… 41이야."

"저는 43이에요, 제 등산화를 신으면 꼭 끼진 않겠네요. 그리고 괴테가 말했듯이 편안하게 임하는 것이 중요해요."

"괴테가 그런 말을 했나?"

"물론이죠. 인생을 살면서 적어도 한번쯤은 말했을 걸요. 틀림없어요."

"실뱅, 난 등산을 할 줄 몰라. 고소공포증도 있고."

"저만 믿으세요. 제가 고소공포증을 물리치는 굉장히 효율적인 요령들을 알고 있어요. 에베레스트 산에 오른 베테랑 등산가들에게서 두세 가지 전수 받았죠. 첫째, 앞에 가는 사람과 연결된 자일을 꽉 붙잡아라. 둘째, 아래를 내려다보지 마라."

"아… 그럼 셋째는?"

"겁이 나면 눈을 감아라."

와인 병이 거의 비었다. 술기운이 모든 것을 가능하게 만들어주는 순간이었다. 장애물들도 시간도 정지되는. 그 저녁 시간은 취기를 연료 삼아 생성된 리듬으로 끝도 없이 이어질 수도 있었을 것이다. 실뱅이 테이블 위로 나에게 손을 내밀었고, 우리는 악수로 그 계약에 도장을 찍었다. 등산으로 단련된 실뱅의 손아귀 힘이 내 손가락들을 꽉 조여왔다. 실뱅이 모스크바에서 샀다는 큼직한 소련제 손목시계를 들여다보며 말했다.

"지금 시각이 10월 11일 목요일 밤 11시예요. 내년 여름이 오기 전에 저하고 함께 몽블랑에 오를 준비가 되실 거예요. 그러기 위해 지켜야 할 것들을 알려드릴게요. 술과 담배는 그대로 하셔도 돼요. 우리는 동맥의 상태를 훌륭하게 유지하는 데 술과 담배보다 더 좋은 것을 발명해내지 못했으니까요. 일주일에 두세 번 한 시간 정도 조깅을 하면 돼요. 거기에 덧붙여 아침마다 팔굽혀펴기와 턱걸이를 하세요."

"알았어. 하지만 정말 그것으로 충분할까? 나는 몸놀림이 꽤나 느린 편이거든."

"네, 충분해요. 고산등반 안내인인 제 친구 뒤 락을 부를 거예요. 그 친구가 당신의 셰르파 역힐을 히도록요. 가장 좋은 방법은 등반 일주일 전에 현지에 도착해 그곳 고도와 암벽에 적응하는 거고요. 그리고 뤼팽에게 연락해 생 제르베에 있는 그의 산장에 우리를 재워줄 수 있는지도 알아봐야겠어요."

어느 작가가 텔레비전에 나와, 이혼 절차를 밟는 동안 자기 자신의 절반으로 줄어드는 느낌을 경험했다고 이야기했다. 하지만 나는 나 자신의 3분의 1로 곤두박질치는 느낌이었다. 그 3분의 1로 회사 일을 했고, 우리가 빌라 한 채를 갖고 있는 앙지앵레뱅이라는 파리 북쪽 근교 도시에 방 세 개짜리 아파트를 빌려 이사했다. 발두아즈 주州의 그 작은 도시는 을씨년스러운 분위기였지만, 내가 연락한 지인들은 내가 이사한 집의 주소를 보고 크게 웃었다. 그때부터 나는 '되유라바르의 아브니르 로路rue de l'Avenir à Deuil-la-Barre[4]'에 살

---

4) 프랑스어로 avenir는 '미래', deuil는 '슬픔'을 뜻한다.

고 있다. 내가 대학에서 정신분석을 공부했다면, 다른 추락 지점을 선택할 수도 있었을 것이다. 그곳에 정착하는 순간 자유낙하를 하게 된다는 것을 인정해야 했기 때문이다.

나는 새집에 가구를 하나도 가져가지 않았다. 그 아파트는 일드프랑스의 트랑실리앵 역에서 매우 가까운 곳에 위치했고 모든 것이 새것이었다. 필요한 가구와 비품은 어느 날 오후 이케아Ikea에서 한 번에 몽땅 구입했다—설비가 갖춰진 그 아파트 내부를 떠올리며 물건들을 골랐다. 단언컨대 이케아는 내 전용 비품 공급업체가 되었다. 포크에서 소파까지, 그곳에서 파는 모든 물건에는《반지의 제왕》에 나올법한 인물들의 이름이 붙어 있었다. 하지만 별로 성가시지는 않다. 내가 되도록 집에서 시간을 보내지 않았기 때문이다. 그 새 아파트의 고요함이 나를 깊은 슬픔의 상태에 빠뜨렸다. 게다가 매일 두 시간 반씩 걸려 파리로 출퇴근해야 했으므로, 나는 사무실에서 또는 오토바이를 타며 많은 시간을 보냈다. 나머지 자유 시간에는 조깅이나 운동을 했다. 주말마다 조깅을 했고, 닷새 이상 운동을 쉬지 않으려고 수요일 저녁을 운동 시간으로 따로 떼어놓았다. 한겨울에는 5시만 되면 바깥이 완전히 깜깜해져서, 머리에 헤드 랜턴을 달고 내가 음산하다고 여기지 않는 유일한 곳인 몽모랑시 숲으로 조 깅을 하러 갔다. 그러다가 나무 그루터기에서 장난치며 노는 커플 한 쌍과 마주치고 당황한 뒤 조깅 시간을 바꾸었다.

실뱅이 짜준 운동 계획을 따라가다 보니, 그 리듬을 유지 하려면 술과 담배를 줄일 수밖에 없었다. 적어도 처음 몇 주 동안은 그랬다. 생활 리듬이 바뀌니 몸이 피곤했다. 아내와 의 이별 때문인지 잠을 이루기가 힘들었다. 운동을 해서 몸 이 힘든데도, 매일 새벽 3~4시면 눈이 떠졌고, 동트기 전까 지 다시 잠들지 못했다. 여러 방법으로 긴장을 풀어보려 했 다. 처음엔 영화를 보았다. 하지만 어떤 스토리에도 집중이 되지 않았다. 내 머릿속에는 오로지 내가 가정에 참사를 야 기하는 악역을 맡은 영화의 예고편만 상영되었다. 나는 아이 들을, 아이들이 느낄 비통한 감정을 그리고 끝이 보이지 않 는 이 단절기가 불러일으킨 혼란을 생각했다. 인터넷 서핑 을 하며 기분을 바꿔보려고도 했다. 그렇게 다양한 나라들을 방문했지만, 우주에서 본 지구의 모습이 결국 내 우울을 더 욱 악화시켰다. 우리 대륙들의 짓밟힌 녹색 이미지들이 너무 도 인간미 없게 보였던 것이다. 인터넷 서핑은 건강하지 못 한 소용돌이처럼 내 슬픔에 작용했다. 사이트들을 많이 찾아

다닐수록, 비행기 사고나 공중 폭격 장면 같은 병적인 영상들에 이끌렸다. 특별히 근심이 많았던 어느 날 밤에는 가축을 도살하는 잔인한 영상을 보다가 극심한 불안 상태에 빠졌다. 불안이 너무 심해서, 살아 있는 존재들의 세계와 다시 접촉하기 위해 전화를 걸어 친구를 깨울 수밖에 없었다.

몇 주가 흘러갔고, 나는 운동 계획을 꾸준히 실천하며 겨울을 보냈다. 날씨가 추울 때는 감기에 걸리지 않도록 모자를 쓰고 장갑을 끼고 목도리를 두르고 조깅을 해야 한다는 걸 깨달았다. 아침 7시경 되유라바르에서 몽모랑시 숲으로 가서, 파리로 일하러 가는 자동차 운전자들의 긴 줄을 거슬러 올라갔다. 차들이 밀리는 반대 방향으로 달렸고, 수업을 빼먹은 고등학생이 된 것 같은 죄책감을 느꼈다. 오랫동안 조깅 시간을 20분 정도로 제한했다. 폐가 불타는 것 같고, 심장이 달리기의 리듬을 버텨내지 못했기 때문이다. 무릎 관절의 통증도 걱정이었다. 어느 날 아침, 나는 아이폰의 업종별 전화번호부를 활용해 의사를 찾아가 진찰을 받아보기로 결심했다. 내가 사는 아파트 옆에서 병원을 하는 여자 의사였다. 곧 봄이기도 한 만큼, 나는 그 즉흥적인 만남에 기분이 좋아졌다. 내 맞은편에 앉은 여자 의사는 오십대로 보였고,

허스키한 목소리를 갖고 있었다. 그녀가 아름다운 갈색 눈으로 나를 유심히 살펴보았다. 그녀 뒤쪽 벽에는 핑크플로이드의 포스터가 붙어 있었다.

"자, 환자분, 어디가 아프신가요?"

"무릎이 아픕니다. 실은 이번 여름에 몽블랑에 가려고 얼마 전부터 운동을 하고 있어요. 조깅을 많이 하고 있죠."

"전에도 운동을 하셨나요?"

"그렇지는 않습니다."

"치료를 받고 있거나 복용하는 약이 있나요?"

"진통제 돌리프란을 먹고 있습니다."

"그것뿐인가요?"

이 간단한 질문 앞에서, 나는 설명할 수 없는 혼란 같은 것을 느꼈다. 무슨 잘못이라도 저지른 것처럼 불안감이 차올라왔다. 나는 더듬더듬 대답하기 시작했다.

"매일 돌리프란을 먹습니다. 그리고… 효과가 더 좋아지도록 아스피린… 애드빌, 볼타렌도 먹고요. 아시겠지만, 가끔은 통증이 정말 심하거든요…."

"잠은 잘 주무시나요?"

"아뇨, 잘 못 잡니다. 페르벡스를 먹어야 잠이 들어요."

"감기도 걸리셨나요?"

"아뇨… 페르벡스 덕분에 잠은 자니까요…."

"알겠어요. 담배는 피우시나요?"

"예, 하루에 열여섯 개비 정도 피웁니다…."

"그러니까 한 갑이네요. 술은요?"

"남들만큼 마십니다."

"그렇군요. 대략 몇 잔 정도 드세요?"

"다섯 잔은 넘지 않습니다… 보통은요."

의사가 메모를 했다. 벌써 다음 환자를 진찰할 준비를 하는 것 같았다.

"인대가 늘어났거나 관절 반월이 부러진 게 아니면 좋겠네요." 내가 웃으며 말했다. "만약 그렇다면 올 여름 계획에 차질이 생길 테니까요. 제 생각에, 최악의 경우 약물을 주입받아야 할 것 같은데요. 그게 효과가 좋다고 등산가인 친구가 저에게 말해줬거든요. 의사 선생님도 아시겠지만…."

"아뇨, 저는 몰라요." 의사가 한쪽 손을 들어 내 말을 중단시키며 말했다. 그러고는 펜을 내려놓고 의자 뒤쪽으로 물러나 앉았다.

"엑스레이 촬영을 해야 하나요?"

"우린 모든 것을 원점에서 다시 시작할 거예요. 지금부터 그렇게 할 겁니다. 우선 큰 비닐봉지에 집에 있는 약들을 전부 넣으세요. 그리고 길모퉁이에 있는 약국에 가서 제 이름을 말하고 버려달라고 부탁하세요. 그런 다음 수면제로 스틸녹스를 처방해드릴 테니, 잠자리에 들기 직전에 복용하세요."

"알겠습니다. 그런데 제 다리는요?"

"굉장히 중요한 사실이 있는데, 그걸 아셔야 돼요, 환자분. 의학적으로 볼 때, 높은 산에 오르기 위해 몸을 만들려면 그런 식으로 하시면 안 돼요. 담배를 끊고 술도 끊으세요. 환자분 다리로 말하면, 살펴봐야겠지만, 일시적인 관절통일 확률이 높아요. 운동량을 좀 조절하는 것으로 충분할 겁니다."

내가 일하는 출판사의 장점은 회사가 커가면서 점점 늘어난 사무실들이 복잡하게 끼어박혀 있어서 계단이 무척 많다는 것이다. 내 사무실은 4층이고, 정원이 내다보이는 평화로운 전망을 갖고 있다. 계절이 바뀔 때마다 정원의 나무와 꽃들도 옷을 갈아입는다. 나는 가장 먼 길을 골라 1층에 우편물을 놓아두러 갔다. 20분 뒤에는 언론 담당관들을 만나기 위해 여러 층을 오르내리며 다양한 업무를 처리했다. 그러다가 작가 장 크리스토프 뤼팽과 마주쳤다. 나는 그가 언제 회사에 있는지 잘 알고 있다. 그는 접이식 자전거를 사무실 안에 들여놓고 필요할 때마다 그것을 타고 파리 안에서 이동하기 때문이다. 그는 20세기의 기념물이라도 되는 양 우리가 잘 보관해둔 미니텔Minitel 단말기[5] 밑에 자전거를 세워놓는다. 나는 그의 사무실로 들어갔다. 그는 정원 쪽으로 난 문 겸용 창문에 기대어 서 있었다. 키가 큰 그의 윤곽이 햇빛 속에 뚜렷이 드러나 보였다. 그는 짙은 색 정장에 하얀 셔츠 차림이었다.

"내가 자네들과 함께 갈 수 있을지 모르겠군." 그가 말했다. "6월에 니스에서 열리는 도서전에서 사인회를 열기로 약속했어. 자네들을 따라가기엔 너무 늦었다는 느낌도 들고. 이제 나는 해수요법이나 받고 더플코트 차림으로 해변을 산책할 나이가 되지 않았나."

"잠깐요, 몸 상태가 저보다 더 좋으면서 왜 그러세요. 사

---

5) 프랑스 텔레콤France Telecom이 1980년대에 비디오텍스 및 이메일 서비스용으로 개발한 단말기.

람들이 보면 올림픽에 참가하고 돌아온 줄 알 걸요. 어쨌든 날짜도 아직 확정하지 않았어요. 우린 함께 몽블랑을 등반해야 돼요. 애초에 그러기로 약속했잖아요."

"글쎄, 잘 모르겠네. 요즘 파리에서 저녁 식사 약속들에 꼬박 참석하다 보니 돼지처럼 뚱뚱해졌어. 어떤 코스로 올라갈지는 결정했나?"

"실뱅과 다니엘은 이탈리아인의 능선arête des Italiens이라는 코스로 가고 싶어해요. 멋진 코스 같아요. 그 코스 아세요?"

"응, 알아. 멋들어지게 형편없는 코스지…. 자네들이 함께 죽을 생각이 아니라면 말이야. 내 이야기를 잘 들어보게나, 이탈리아인의 능선은 생 니콜라에 있는 내 산장 테라스에서도 보여. 눈이 덮여 있고, 자전거 안장 정도 넓이에, 양쪽에서 가스가 나오는 800미터 길이 있는 긴 능선이라고."

"제기랄… 그 두 사람은 모르지만, 저는 죽을 만큼 힘들겠네요."

"그렇진 않아. 간질발작이나 심근경색이 일어날 위험만 무릅쓰면 돼. 그렇게 되면 낭패지. 그 능선은 자네를 눕히고 심장 마사지를 할 만큼 충분히 넓지 않으니까."

"그런 무서운 말은 그만 하세요…."

"그 능선에서 자네가 안전을 확보할 유일한 방법은 균형을 잡기 위해 경사의 반대쪽으로 뛰어 올라가는 거야. 매우 기초적인 기술이지. 구조대가 빨리 오게 해달라고 성 베드로에게 기도할 수도 있어. 일단 소시지처럼 매달리게 되면, 인내심을 갖고 기다리는 것 말고는 할 수 있는 일이 아무것도 없거든."

"젠장, 그 코스는 내 수준에는 맞지 않는다고 실뱅한테 말해야겠어요. 당신도 말해줄 수 있죠? 실뱅이 당신 말은 귀담아들을 거예요."

"문제는 실뱅이 세 번 중 한 번 정도만 내 말을 귀담아든는다는 거야. 안 그러면 그런 어리석은 짓을 하지는 않겠지. 아무튼 실뱅이랑 다니엘과 함께 이탈리아인의 능선으로 가는 건 정말 어리석은 짓이라네. 그 두 사람이 함께하면 아무것도 그들을 멈추지 못해. 마치 가미카제 특공대 같거든. 좋아, 내가 실뱅에게 말해보겠네. 이번 주에 만날 예정이거든. 실뱅이 우리 집으로 저녁 식사를 하러 올 거야."

6월 27일 목요일. 샤모니로 출발하기로 한 전날이다. 장 크리스토프는 우리와 함께 등반하는 것을 여전히 망설이고 있다. 최근에 책을 출간하고 책 홍보 활동을 해서 피곤하다 며 말이다. 하지만 나는 장 크리스토프가 동료들, 특히 나의 수준을 과대평가하고 있는 것이 아닌지 의심스럽다. 의사의 권고사항은 잘 지키지 못했지만 실뱅이 짜준 운동 계획을 성 실하게 실천에 옮겼음에도 내 몸 상태는 평소에 비해 좋은 수준이 아니다. 나는 하루에 담배 한 갑을 피웠고, 수면제에 의존해 잠을 잤고, 진정제로 불안을 잠재웠고, 술도 많이 마 셨다. 내 신체는 그야말로 의학 실험의 장場이었다. 약 과다 복용과 과음 때문에 혈액 흐름이 불안정했다.

실뱅과 함께 내 자동차 르노 클리오를 타고 내일 출발히기로 예정되어 있다. 라탱 구역 한가운데에 있는 생 세브랭 교회 옆 실뱅의 아파트로 가서 그를 자동차에 태워야 한다. 내가 등산복이 없어서 실뱅이 자기가 갖고 있는 여벌의 등산복 중 한 벌을 나에게 빌려주기로 했다. 우리는 생 제르베 고지대에 있는 장 크리스토프의 산장까지 단숨에 달려갈 것이다.

요전 날 저녁 회사에서 주최한 칵테일파티에서 파트릭 모디아노를 만나 이야기를 나누었다. 그에게 몽블랑 등반 계획을 털어놓았다. 갑자기 그가 즐기워하며 자세한 것들을 물었다. 대화가 끝나갈 때쯤, 그는 마음을 감동시키는 진심 어린 태도로 샤모니에서 엽서 한 장 보내달라고 부탁했다. 그런 다음 정원 쪽으로 몸을 돌리더니 플레야드 동棟 방향으로 팔을 뻗었다. 팔이 끝까지 뻗어나갔고, 검지손가락이 건물 지붕 쪽을 가리켰다. 그가 말했다. "그러니까 저기에 갈 거라고요?" 나는 날씨가 허락한다면 정상까지 올라갈 생각이라고 대답했다. 그가 따뜻하게 내 손을 잡고는 한 번 더 말했다. "그 위에서 나에게 엽서 한 장 보내줄 거죠?"

6월 28일 금요일 아침 9시. 나는 교외에서 출발해 라 데팡스의 순환도로를, 프랑스 대기업들의 본사가 입주해 있는 고층 빌딩들 사이를 달렸다. 휴대전화가 울렸다, 실뱅이었다. 작고 숨 가쁜 목소리가 들려왔다. 간밤에 목젖에 심한 염증이 생겼다고 했다. 염증 부위가 목구멍 안에서 탁구공처럼 부어올랐다는 것이다. 실뱅은 힘겹게 숨을 쉬었다. 코생 병원 응급실로 가야 했다. 의사가 그를 진찰하는 동안, 나는 그의 집에서 기다리기로 했다.

실뱅의 아파트에 도착해보니, 바닥에 등산복 · 자일 · 카라비너[6] · 등산화 등이 잔뜩 널려 있었다. 그 외에도 셀 수 없이 많은 여행에서 그가 가져온 기묘한 물건들이 있었는데, 나는 그 물건들 중에서 나폴레옹 스타일의 삼각모를 끄집어냈다. 오전 11시경 실뱅이 현관문을 열쇠로 열었을 때, 나는 그 삼각모를 쓰고 손에는 피켈을 든 채 그의 책상 앞에 앉아 있었다. 몸이 아픈데도 실뱅은 내 우스꽝스러운 모습을 보고 웃었다.

"따뜻한 차 한 잔 마시자고요, 친구. 그러면 기분전환이 될 것 같아요! 의사가 코르티손을 놓아줬어요. 그러면 낮 동안 목젖의 부종이 가라앉을 거래요."

6) 암벽 등반에 사용하는 타원 또는 D자형의 강철 고리.

"다른 일은 없었고?"

"아, 특별한 일은 없었어요! 실은 어제 저녁에 웃통을 벗고 오토바이를 탔어요. 제 몸이 그걸 달갑지 않게 여긴 거죠. 영화 〈이지 라이더Easy Rider〉[7] 좋아하세요?"

"그럼, 참 오래된 영화지. 그런데 자네 목은 괜찮을까?"

"걱정 마세요, 내일 아침엔 출발할 수 있을 거예요. 나쁘지 않죠, 뭐. 덕분에 비외 캉푀르Vieux Campeur[8]에 가서 당신이 쓸 스패츠[9]를 살 시간이 생겼네요."

코르티손이 효과가 있어서 실뱅은 컨디션을 회복했고, 우리는 라 위셰트 구역의 활기 넘치는 길들을 산책했다.

그날 저녁 우리는 실뱅의 회복과 우리의 출발을 축하했다. 실뱅의 여자친구 마리안이 저녁 6시에 우리와 합류했다. 마리안은 날씬한 젊은 여성인데, 커다란 검은 눈에 염려의 기색이 엿보였다. 그녀가 거실의 낮은 테이블 위에 책 한 권

---

7) 1969년에 개봉된 미국 영화. 데니스 호퍼 감독이 연출하고 피터 폰다·데니스 호퍼·잭 니콜슨이 출연했다. 장발의 두 젊은이가 자유를 찾아 오토바이를 타고 미국 횡단 여행을 하며 겪는 이야기가 담겨 있다.
8) 프랑스의 아웃도어 용품 매장.
9) 발목부터 무릎까지 감싸주는 등산 장비. 습기로부터 다리와 발을 보호해주는 역할을 한다.

을 내려놓았다. 1920년대에 문단에서 활동한, 독립적이고 매력적이지만 볼품없는 외모로 괴로워했던 미레유 아베Mireille Havet의 일기였다. 그녀는 대상 없는 깊은 사랑의 감정 속에서 어쩔 줄 몰라 했고, 마음속으로 끊임없이 피를 흘렸다. 그녀는 단어들과 코카인 사이를, 황혼녘을 닮은 아침과 예술가 친구들과의 열띤 토론으로 동요된 황혼녘 사이를 헤쳐 나갔다. 마리안은 그녀의 삶에 대해 열정적으로 이야기했고, 나는 그 책의 몇몇 페이지를 훑어보다가, 자신의 파멸을 마주하고 느낀 현기증을 표현한 그녀의 절망적 글쓰기에 충격을 받았다. 미레유 아베는 33세에 쇠약증으로 죽었다.

며칠 전에 만난 예쁜 장난꾸러기 아가씨인 내 여자친구가 도착하자, 실뱅이 샴페인을 땄다. 우리는 빠르게 친해졌고, 음악을 틀어놓고 춤을 추었다. 즉석 파티가 선사해준 행복감 때문인지 우리는 변장을 하고 싶어졌다. 마리안은 화물선 선장으로, 내 여자친구는 기수騎手로, 실뱅은 폴로 선수로 변장했다. 나는 나폴레옹 모자를 다시 썼다. 음악의 볼륨이 높아졌고, 우리는 괴상한 차림새로 테라스에서 장난을 치고 과장된 몸짓을 했다.

춤을 추고 나니 식욕이 돋았다. 생 세브랭 교회의 종이 10

시를 쳤고, 우리는 두 병째 샴페인을 비운 참이었다. 실뱅이 밖에 나가 근처의 스페인 바에서 타파스[10]를 먹자고 제안했다. 나가기 전에 실뱅이 '뒤퐁과 뒤퐁Dupond et Dupont[11]'처럼 옷을 차려입자고 나를 설득했다. 실뱅은 하얀 셔츠와 줄무늬 넥타이 그리고 곰팡내와 파출리 냄새가 나는 턱시도 상의를 나에게 빌려주었다. 거기에 내 군복 바지를 입고 오렌지색 운동화를 신고 나니, 나폴레옹으로 변장했을 때보다 훨씬 더 우스꽝스러웠다. 우리는 비틀거리며 바를 향해 걸어갔다. 그곳 웨이트리스가 실뱅을 알아보고는 곧바로 카운터 위에 모히토와 토르티야 한 접시를 올려주었다. 나는 연관된 추억과 함께 취기가 가져다주는 친숙한 전율을 느꼈다. 저녁을 먹은 뒤 충동적으로 오토바이를 타고 A11 고속도로를 따라 파리에서 140킬로미터 떨어진 르 페르슈에 있는 부모님의 시골 집에 갔던 지난 6월의 밤이 떠올랐다.

카운터에 자리를 잡는 동안, 상반신을 연료 탱크에 붙이고 빛을 발하는 자동차들로 이루어진 띠의 속도와 섬광에 도

---

10) 스페인에서 주 요리를 먹기 전에 작은 접시에 담겨 나오는 전채요리.
11) 벨기에 만화 《탱탱의 모험Les Aventures de Tintin》에 나오는 형사 2인조.

취한 채 트럭들을 추월하며 전속력으로 달리던 내 오토바이의 헤드라이트 불빛이 비추던 고속도로의 경악스러운 영상들이 눈앞에 떠올랐다. 손님들이 바를 떠나기 시작했지만, 몇 안 되는 우리 일행 속에는 열기가 차올랐다. 낡은 피아노한 대가 홀 깊숙한 곳 벽에 기대어 놓여 있었다. 실뱅이 그 피아노로 폴카를 연주했다. 내 여자친구는 밖으로 담배를 피우러 나갔다가 플레이보이인 척 뻐기는 정장 차림의 젊은 남자 세 명의 이야기를 듣고 있었다. 나는 미소를 지으며 다가가 그녀에게 괜찮으냐고 물었고, 그녀는 내 팔을 붙잡고 나를 조금 떨어진 곳으로 데려갔다. 우리는 새벽 2시에 바에서 나와 뤽상부르 공원을 따라 나 있는 조용한 길을 걸어 집으로 돌아왔다. 닷새 후면 우리 등반대가 몽블랑 공략을 시작하는데, 이렇게 만취한 것이다.

6월 29일 토요일. 마침내 자동차를 타고 생 제르베로 출발한다. 내 클리오에 커다란 배낭 네 개와 50미터짜리 자일 두 개를 실어야 한다. 보도를 지나가던 사람들이 종처럼 찰그랑 소리를 내는 피켈과 카라비너 등 주의를 끄는 짐들을 호기심 어린 표정으로 바라보았다.

고속도로 위를 달리는 동안, 우리는 우리의 문학 수업에서 중요한 역할을 한 저자와 책들에 대해 이야기를 나누었다. 실뱅의 취향이 매우 다양하고 때로는 양립되기 힘든 성격을 띠고 있어서 나는 내심 놀랐다. 그는 호메로스의 《오디세이아》, 가스통 르뷔파Gaston Rebuffat의 산 이야기들, 그리고 추문으로 얼룩진 삶을 살았고 작품 하나를 남겼지만 결국 잊혀버린 세기말의 작가 장 로랭Jean Lorrain에 대해 이야기했다. A6 고속도로를 벗어나 제네바 방향인 A40 고속도로로 접어들 무렵에는 사랑했던 여자들에 대한 이야기를 했다. 하지만 그 여자들은 우리가 블랑슈 고속도로의 거대한 현수교들을 통해 지나간 도시들의 이름이 붙은 미스 낭튀아나 미스 오요나만큼이나 이제는 상관없는 여자들이었다. 우리는 산들 사이에 박혀 있는 산업화 이후의 풍경 속에서 그 젊은 여자들의 현재 애정생활을 상상해보려 했다.

저녁 6시에 생 제르베에 도착했다. 장 크리스토프의 산장은 고도 1500미터의 작은 마을에 있었다. 전망이 좋았고, 비오나세 능선arête de Bionnassay, 구테 봉우리dôme du Goûter 그리고 몽블랑이 연이어 보였다. 장 크리스토프가 아직 도착하지 않았기 때문에, 나는 그가 종이에 휘갈겨 써놓은 보일러 사용법을 읽은 뒤 기계를 작동시켰다. 하지만 생각만큼 간단하지 않았고, 보일러는 작동하지 않았다. 구글 검색에 도움을 청해보았지만, 독일어로 된 정보만 나왔다. 고군분투 끝에 마침내 주철 보일러 속에서 불길이 저음으로 으르렁거리는 소리가 들려왔다. 고산등반 안내인 다니엘이 도착했다. 그는 산장 입구에 자일로 감싼 배낭 두 개, 자기확보줄과 카라비너들을 내려놓았다. 냉장고가 비어 있어서 식당을 찾아 마을로 내려갔다. 첫 번째로 찾아낸 식당은 9시 30분에 영업이 끝나는데 우리가 도착한 시각이 9시 35분이어서 받아주지 않았다…. 두 번째 식당은 네덜란드 치즈 상점처럼 꾸민 피자 가게였는데, 그곳 여주인이 조지 마이클[12]의 히트곡 모음집을 반복해서 틀었다. 가게 내부 선반에는 플러시 천으로 만든 곰 인형 수십 개가 진열되어 있었다. 카운터의 남자 손님 한 명 말고는 우리가 유일한 손님이었다. 인적 없는 그 가게의 여사장은 육십대 정도로 금발에 엄격해 보이는 얼굴이었지만, 이별을 여러 번 경험한 여자의 슬픔이 묻어나는 친절한 미소를 짓고 있었다. 카운터에 몸을 기대고 있는 남자

---

12) George Michael(1963~2016), 영국의 유명 싱어송라이터.

손님의 이름은 제라르였다. 제라르는 여사장이 우리와 함께 홀에 있을 때만 이야기를 했다. 제라르는 치아가 제대로 없고, 정신도 온전치 않았다. 그는 술 때문에 마비된 입으로 사부아 지방의 크리올[13]을 내뱉었고, 우리는 그 지역에서 나는 여러 가지 술을 맛본 뒤에야 그의 말을 해독할 수 있었다.

자정이 되자 우리는 떠밀리듯 주차장으로 나왔다. 공기가 무척 쌀쌀해서 몸이 움츠러들었다. 내일이면 심각한 상황이 시작된다. 우리는 아라비스 산맥chaîne des Aravis의 봉우리들 중 하나인 페르세 봉峯pointe Percée을 등반할 것이다. 나는 그 산맥에 대해 아무것도 모른다. 그 산맥의 이름이 고속도로 이정표에 적혀 있는 것을 보았을 뿐이다. 다니엘과 실뱅이 그곳에 가는 길은 퍽 수월한 코스이며 암벽 등반을 경험할 초심자에게는 멋진 처녀 등반이 될 거라고 말했다. 나는 높은 고도나 고소공포증에, 또 산에서 힘들어지면 내 몸이 어떤 반응을 보일지 전혀 예상할 수 없다. 내일의 경험은 거의 완벽한 입문이 될 것이다. 불안에 사로잡힐까봐 또는 암벽에

---

13) 두 언어의 요소가 혼합된 언어가 제1언어(모어母語)로 습득되어 완전한 언어의 지위를 얻게 된 것.

서 몸이 마비될까봐 조금 무섭다. 밤 시간은 아직 끝나지 않았다. 친구들은 이야기를 더 나누고 싶어한다. 마지막으로 마신 칵테일 덕분에 나는 꿈도 없는 깊은 잠에 빠져들었다.

아침 6시에 알람이 울렸다. 머리가 쑤시고 배가 쥐어짜듯 아팠다. '높은 곳에 가지 마라.' 신기하게도 그 순간 이 평범한 말의 의미가 제대로 와 닿았다. 우리는 벌써 환하게 내리 쬐는 햇빛 아래 마치 녹색과 흰색으로 이루어진 깃발 같은 선명한 풍경이 내다보이는 거실에서 조용히 장비를 챙겼다. 다니엘이 우리 두 사람을 위해 가져온 추락방지용 안전벨트, 자기확보줄, 카라비너, 고정장치, 하강기 그리고 50미터짜리 자일 두 개를 보여주었다. 그런 다음 나에게 암벽화와 등산화를 신어보게 했다. 언뜻 보기에도 코스는 눈과 암벽 투성이였다. 실뱅도 배낭들 주위에서 분주히 움직였다. 그는 코스가 조용하고 아름다울 거라고 몇 번이나 말했다. 그 거듭

된 주장에 나는 조금 불안해졌다. 다니엘은 암벽 등반 세계 챔피언이고 실뱅의 영원한 공모자다. 그들이 나에게 요르단의 가파른 암벽을 등반한 굉장한 사진들을 보여주었다. 광대한 사막을 배경으로 그 두 명의 줄타기 곡예사의 모습이 뚜렷이 드러나 보이는 사진이었다.

우리는 앵테르마르셰Intermarché[14]에 가서 소시지, 햄, 아몬드 그리고 시리얼 바를 산 뒤, 고속도로를 타고 그랑 보르낭 Grand-Bornand까지 갔다. 안 고개col des Annes에 도착해, 작은 집들이 있고 암소 수십 마리가 풀을 뜯어먹는 목장들로 둘러싸인 작은 마을에 차를 세웠다. 암소들의 목에 달린 구리 종 소리가 골짜기에 울려 퍼졌다. 우리 앞에 노출된 능선에는 뾰족한 산봉우리 세 개가 우뚝 서 있었다. 암벽투성이의 돌출부들이 하늘을 향해 우뚝 솟은, 아라비스 산맥이 시작되는 지역이었다. 그 산괴山塊가 거대한 첫 번째 열을 이루고 있고, 그 뒤에 몽블랑 산맥chaîne du Mont-Blanc이 있었다. 나는 오늘의 목표는 무엇인지 실뱅에게 물었다. 걱정이 되어 뱃속

---

14) 프랑스의 슈퍼마켓 체인.

이 뒤틀렸다. 나쁜 예감은 틀리는 법이 없었다. 실뱅이 세 개의 산봉우리 중 가장 높은, 2752미터 높이의 산봉우리를 나에게 가리켰다. 나에게 그것은 마치 거대한 송곳니 같았고, 정육점에서 고기를 매달아놓는 갈고리처럼 뾰족해 보였다. 고소공포증의 첫 증상이 느껴졌지만, 나는 침착을 유지했다. 암벽 위에서 극심한 고소공포증에 사로잡혀 뛰어내리고 싶어하는 내 모습이 순간적으로 눈앞에 떠올랐다. 내가 저 산에 오를 능력이 없다는 것을 내 안내인들은 이해할까?

우리는 목장들을 지나 오솔길을 통해 등반에 착수했다. 실뱅과 다니엘이 앞에서 걸었다. 두 사람의 속도가 빨라서 초반부터 간격이 벌어졌다. 그 두 친구는 맹렬한 두 마리의 개 같았다. 그들은 몇 주 만에 다시 만난 참이었다. 그들이 최근에 했던 등반들에 대해 나누는 대화 소리가 멀리서 단편적으로 들려왔다. 아프리카 그리고 러시아에서 한 등반이었다. 첫 빙설이 나타났다. 넓적하게 얼어붙은 눈이 갈색 풀밭에 들러붙어 있었다. 다니엘이 미끄러지지 않으려면 발을 어떻게 내디뎌야 하는지 나에게 설명해주었다. 경사가 급한 곳에서는 몸이 미끄러져 암벽 쪽으로 튕겨 내려갈 수도 있었다. 발길질을 해서 등산화를 눈 속에 힘껏 박으며 걸어가는 것이 관건이었다. 다니엘은 다른 설명은 하지 않고, 자기 발자국을 그대로 따라오라고 했다. 그의 태도가 눈에 띄게 진지해졌다. 그는 집중하고 있었고, 프로답게 상황을 잘 통제했다. 우리가 밟은 것은 풀이 무성한 바닥이 아니라, 진창이 얼어붙은 비탈길이었다. 나는 다니엘의 보조에 집중했다. 실뱅은 변함없이 기분이 좋고 신이 나서 편안히 전진하고 있었다. 고도가 높은 곳에 오니 기운이 나는 모양이었다. 아마도 그의 존재와 영혼은 높은 곳에 있는 뭔가에 속하고, 그것이 저항할 수 없을 정도로 그를 끌어당기는 듯했다. 문득 아래쪽을 내려다보았는데, 그건 좋은 생각이 아니었다. 곧바로 추락의 위험이 현실로 와 닿았다. 그때부터 아래쪽은 더이상 내려다보지 않기로 결심했다.

걸음을 내디딜 때마다 미끄러질까 겁이 나 보조를 늦추었다. 하지만 농담조라면 몰라도 불평을 입 밖에 내긴 싫었다. 주위 풍경을 즐겨보기로 했다. 쉬워 보였는데 막상 해보니 의지를 총동원해야 하는 일이었다. 다니엘이 재킷을 벗으라고 조언했다. 상황에 걸맞은 옷차림을 해야 한다며 말이다. 나는 땀을 줄줄 흘리고 있었다. 눈으로 이루어진 널찍한 거울 위에 열기가 강렬했다. 차가운 공기가 피부와 입을 말려주었다. 물을 마시며 잠시 휴식을 취했다. 다니엘은 조금씩 마시는 걸 권장했다. 여덟 시간 정도 걸리는 코스 동안 각자 1리터의 물을 마셨다. 갈증을 잘 다스려야 했다. 눈 위를 걸어가는 내 모습은 아직 다니엘의 성에 차지 않았다. 다니엘은 참을성 있는 태도로 좋은 동작과 자세를 나에게 알려주었고, 그 유용성을 이해시키기 위해 좋은 자세를 일일이 분석해주기도 했다. 나는 그의 설명을 건성으로 흘려들었다. 그의 조언들이 성가셨고, 다른 발 앞에 발을 딛는 법은 알고 있었다. 눈밭이 빙판이 되어버린 마지막 몇 미터는 고되었다. 신발 바닥이 미끄러졌고, 내 발을 끌어당기는 허공의 부름이 느껴졌다. 나를 굴러 떨어지게 하려고 뭔가가 어깨를 자꾸 짓누르는 것 같았다. 등반 초반부터 불안 발작이 오지 않도록 자낙스 한 알을 조심스럽게 먹었다.

어느덧 눈이 사라지고, 눈앞에 암벽이 우뚝 솟아 있었다. 암벽은 자신의 강인한 근육을 잘 보여주려는 듯, 후면을 흔들어 거기에 쌓인 눈을 조금 떨어뜨렸다. 우리는 휴식을 취했다. 배낭을 내려놓은 뒤, 등산화를 벗고 암벽화로 갈아신었다. 나는 티셔츠 차림으로 바지 위에 추락방지용 안전벨트를 맺다. 실뱅이 손가락으로 산꼭대기를 가리켰다. 유명한 '페르세 봉'을 나에게 보여주고 싶었던 것이다. 여기서 보니 그 봉우리에 파인 굴 입구가 핀의 머리 크기 정도로 보였지만, 실뱅 말에 따르면, 실제로는 트랙터 바퀴만 하다고 했다. 그 말을 들으니 페르세 봉의 높이가 실감이 났다. 그 높은 곳에서 느껴질 두려움이 상상되었다. 더이상 그 봉우리를 올려다보지 않기로 했다. 주변 1미터 범위에서 일어나는 일에만 집중할 것이다. 얼마 지나지 않아, 나는 살기 위해 물 위로 올라가는 잠수부처럼 손과 발만 움직였다. 우리가 가는 길은 주변이 '트여 있었다.' 그것은 확장용 비너를 암벽에 고정하고 거기에 카라비너를 비끄러맨 뒤 그 사이로 자일을 통과시켜, 만약 추락할 경우 그것으로 몸을 지탱할 수 있다는 의미였다. 페르세 봉까지 가는 길은 여러 개지만, 내 안내인들이 과연 용이한 선택을 했는지 나로서는 알 수 없었다. 지형 안내도를 보니, 페르세 봉에 다다르려면 첫 능선까지 올라간 뒤 다른 능선 두 개를 더 따라가야 했다. 톱니처럼 생긴 그 봉우리를 골짜기에서 올려다보고 몇 번이나 의문이 들었다. 마치 상어의 이빨처럼 뾰족한데, 사람이 서 있을 공간은 충분할까? 혹시라도 그 위에서 균형을 잃으면 어쩌지? 갑자기

다니엘이 내가 자일 사용법과 매듭 묶는 법에 대해 아무것도 모른다는 사실을 알아차렸다. 그가 사용하는 단어들, 암벽 등반의 기본 동작을 가리키는 용어들을 나는 전혀 알지 못했다. 다니엘은 암벽 등반의 기초에 관해 즉석에서 침착하게 강의를 해주었다. 처음으로 그의 눈에 의혹의 빛이 스쳤다. 그는 크게 염려하지는 않았지만, 갑작스럽게 현실을 깨달은 것 같았다. 그와 실뱅이 성급하게 제쳐버린, 완전 초심자라는 나의 현실 말이다. 하지만 다니엘은 그동안 산에서 어려운 일들을 숱하게 겪었고, 나는 나중에야 알았지만, 그 순간은 앞으로 일어날 일을 어렴풋이 상징하고 있었다. 그의 목소리에 묻어나는 미세한 신경과민은 우리가 내 능력을 뛰어넘는 등반을 시도할 거라는 징후였다. 다니엘이 지금은 자기들을 잘 따라오기만 하면 된다고 나를 안심시켰다. 말 그대로 자기가 시키는 대로만 하면 되고, '모든 것이 잘될' 거라고. 절단수술을 받아야 하는 부상자를 안심시키듯이 말이다. 그렇다, 모든 것이 잘될 것이다. 암벽 등반 세계 챔피언이 몸소 나에게 그렇게 말했으니까. 실뱅이 초조한지 암벽 발치에서 발을 구르다가 비타민 바를 꿀꺽 삼켰다. 하지만 그에게 그것이 정말로 필요했을까?

암벽을 향한 몸짓, 내 머릿속에 새겨진 그 첫 몸짓이 나를 수직을 향해 밀어댔다. 머리에 쓴 트위드 헌팅캡 때문인지 실뱅은 마치 히말라야 정복의 역사에 이름을 남긴 개척자처럼 보인다. 그에게 정복자의 면모가 있는 것은 사실이다. 침울하고 서정을 먹고 살면서도 소란스럽고 즐거운 슬라브식 정복자 말이다. 절대에 대한 갈증이 그의 모험을 인도한다. 그 자신에 대한 도전이 아니라면, 프랑스 산들에 정복할 것이 뭐가 남아 있겠는가? 우리의 산괴들은 완전히 측량되었고 지도에도 나와 있지만, 여전히 위험하고 예측할 수 없는 영역이다. 실뱅이 대열의 선두에 섰다. 내가 두 번째로 갔고, 다니엘은 맨 뒤에서 왔다. 그렇게 하면 내가 허공에서 균형을 잃을 경우 그가 자일로 나를 지탱해줄 수 있을 것이다. 그런 것을 '비행한다'고 한단다. 생각해보니 아름다운 그림이다, 고맙소, 다니엘…. 처음 몇 미터를 등반할 때, 나는 편안하지 않았다. 그래서 쓸데없는 생각들을 애써 몰아내야 했다. 나 자신의 움직임에 집중했다. 뒤에서, 더 정확히는 내 발밑에서 들리는 다니엘의 목소리가 어디를 붙잡아야 하는지 나에게 알려주었다. 첫 교대지점에서 실뱅이 나를 빤히 쳐다보았다. 그의 미소를 보니 힘이 났다. 그는 자신이 제안한 이 모험에 내가 뛰어들어준 것을 기뻐하는 것 같았다.

암벽은 축축했고, 손바닥에 느껴지는 석회질이 기분 좋았다. 아직까지는 붙잡고 매달리는 것이 그리 어렵지 않았다. 자낙스를 먹은 덕에 그리고 처음 몇 미터가 예상보다 수월해 긴장이 풀린 덕분에, 첫 교대지점에 도착했을 때 나는 거의 도취 상태였다. 나 자신이 그들의 당당한 일원으로, 더 나아가 에드먼드 힐러리 경쯤으로 여겨졌다. 잠시 고개를 돌려 그랑 보르낭 골짜기를 본 나는 그 뚜렷한 입체감에 놀랐다. 파리의 우중충한 강변 지역만 보다가, 비로소 풍요로운 경치를 보게 된 기분이었다. 실뱅이 반대쪽 사면에서 보면 경치가 훨씬 더 아름답다고 알려주었다. 그 말을 들었을 때, 도대체 어떤 경치가 이 경치보다 더 아름다울 수 있는지 이해되지 않았다. 아무튼 시간이 별로 없었다. 바위산의 가장 뾰족한 곳까지 능선은 가차 없이 계속되었다. 올라가야 할 울퉁불퉁한 길이 최소 700미터 정도 남아 있었다.

실뱅과 다니엘은 이야기를 많이 나누었다. 내가 생각했던 것과 달리, 암벽 등반은 긴밀한 소통을 요하는 활동이었다. 소통을 하지 않으면 사고가 날 위험이 훨씬 더 높아진다. 자일을 잡아당기는 것만으로 뜻이 통하지 않을 때, 두 사람은 크게 한두 마디 외쳐서 명확하게 뜻을 전달했다. 기본 용어 세 가지는 '바세vaché' '뒤 무du mou' '세크sec'였다. '바세'는 선두에서 가던 사람이 균형을 잡고 동반자들의 안전을 보장해줄 수 있는, 금속 고정장치 두 개로 이루어진 교대지점에 다다랐다는 의미이다. 나머지 두 용어는 올라가는 동안에 쓰인다. '뒤 무'는 보다 자유롭게 움직일 수 있도록 자일을 더 길게 달라고 요청할 때 쓰고, '세크'는 추락의 위험을 가늠하도록 자일을 팽팽히 당기라고 요청할 때 쓴다. 나는 이 세 용어를 잘 기억해두었다.

당장으로서는 앞으로 체력이 얼마나 소모될지 가늠하기가 어려웠다. 나는 그저 앞 사람을 따라가는 것으로 만족했다. 누가 문을 열어주고 우월한 힘으로 장애물들을 치워주는 것처럼, 비탈길이 내 앞에 유려하게 펼쳐졌다. 다니엘과 실뱅은 조용히 등반했다. 그들의 움직임이 너무나 자연스러워 보여서, 나도 그렇게 자연스럽게 움직일 수 있을 것 같았다.

두 번째 교대지점에 도착하기 무섭게 상황이 바뀌었다. 겉으로 보기에는 달라진 것이 아무것도 없었지만, 실뱅의 움직임이 빨라졌고, 꽤나 흥분한 듯 보였다. 다니엘로 말하면, 페레 곶Cap Ferret 해변에 있는 것만큼이나 편안해 보였다. 나에게 기술적 문제와 어려움들이 조금씩 나타나기 시작했다. 움직임이 서툴러지고, 당황해서 흥분을 하고, 선택의 기로에 놓일 때마다 붙잡을 곳을 동료들만큼 분명하게 알아보지 못했다. 오로지 다니엘의 조언에만 의지해 올라가야 했다. 발을 어디에 놓아야 할지 알 수 없었고, 손으로 붙잡을 굴곡들을 찾아내지도 못했다. 안내서를 읽지 않은 경우, 암벽은 지명이 적혀 있지 않은 지도와도 같다. 내가 눈을 가리고 등반해도 상황은 다르지 않을 터였다. 나는 알프스라는 곳이 어떤 곳인지 새삼 실감했다. 언제든 덤벼들 준비가 된 포식자의 눈길을 받는 먹잇감이 된 것 같았고, 주위의 바위들이 온통 나에게 적대적인 것처럼 희미한 위협이 느껴졌다. 산은 우리의 암벽 등반에 호의적이지 않았다. 우리의 지배욕에 저항했다. 이곳의 지형이 내 머릿속에서 점차로 정확한 모습을 갖추긴 했지만, 그렇다고 해서 그 거칠고 반항적인 특성을 명확히 가늠할 수는 없었다. 내 미숙함 때문에 그것에 더욱 예민해질 뿐이었다.

마침내 내가 자기를 따라잡았을 때, 실뱅은 내 기분이 달라진 것을, 내가 두려워하고 있는 것을 눈치 챘다. 그는 농담으로 내 기분을 풀어주려 했다. 이윽고 세 번째 교대지점을 향해 돌진했다. 다니엘이 내 앞에 섰다. 우리는 서핑보드처럼 좁은 판판한 바위 위에 꼼짝 않고 있었다. 다니엘이 구름 없이 맑게 갠 지평선을 유심히 살폈고, 나는 결심한 대로 암벽에 찰싹 달라붙어 있었다. 이제 어떻게 한담? 자낙스의 효과가 충분치 않은지, 불안이 경계태세의 내 두뇌피질을 마구 공격했다. 나는 힘겹게 마른침을 삼켰다. 호흡이 짧아졌다. 이 상태에서 심장까지 마구 뛴다면 두말할 것 없이 불안발작이 일어날 것이다. 나는 눈을 감고 강박적인 생각을 몰아내려 했다. 실뱅과 다니엘이 의기투합해 나를 지독한 공포 속으로 몰아넣기로 작정했다는 생각 말이다. 알고 보니 이 두 불한당은 나의 적이었다. 이들이 나를 함정에 빠뜨렸다. 이 암벽 위에서 그들의 본 모습이 여실히 드러나고 있었다. 산에서는 날씨가 시시각각 변하고, 기분도 다양하게 바뀐다. 내 두려움에 불신과 분노가 더해졌다. 스스로가 이토록 취약하게 느껴진 적이 없었다. 나는 두려움에 휩쓸리지 않기 위해 두 손만 골똘히 들여다보았다. 그야말로 비장한 광경을 연출했다.

세 번째 교대지점에서, 나는 고개를 옆으로 돌리고 진정제를 한 알 더 먹었다. 위로 올라갈수록 산괴가 눈에 잘 띄지 않는 색조로 치장되었다. 나는 운이 좋다고, 나에게 이 모든 것을 망칠 권리는 없다고 되뇌었다. 여기로 오라고 나에게 강요한 사람은 아무도 없었다. 다니엘이 나와 눈을 맞추며 아몬드 한 줌을 내밀었다. 나는 눈을 내리깔아 내가 느끼는 불안감을 감추려 했다. 그의 집안은 우리 집안과 마찬가지로 세벤 출신이다. 나는 그곳 출신들의 아무것도 그냥 지나치지 못하는 과묵한 성격을, 짓궂은 장난기와 통찰력이 함께 반짝이는 검은 눈길을 잘 안다. 그도 그것을 알고 있었다. 나는 그가 준 아몬드 몇 개를 제대로 씹지도 않고 대충 삼켰다.

교대지점은 첫 번째 산봉우리에 있었고, 우리는 능선을 따라

두 번째 산꼭대기에 다다르고 페르세 봉을 향해 계속 올라가

야 했다. 다시 올라가는데, 왼쪽 사면에서 커다란 뭉게구름

들이 우리가 향하는 산꼭대기로 몰려가는 것이 보였다. 가까

이에 구름이 보이자 한결 마음이 놓였다. 구름 덕분에 허공

이 내려다보이지 않았기 때문이다. 반대쪽 사면에는 구름이

전혀 없어서 수 킬로미터 멀리까지 바라다보였다. 사방이 환

했고, 비탈들이 HD 화질처럼 선명하게 보였다. 내 오른쪽,

우리에게서 적어도 900미터쯤 떨어진 곳에 고원이 있었다.

에펠탑 세 개를 이어놓은 것과 맞먹는 높이이다. 그곳으로

슬그머니 눈길을 던져봤지만, 신중한 행동이 아니었다. 곧바

로 찌릿찌릿한 불안감이 두 다리를 따라 손가락의 연한 살까

지 타고 올라왔다. 자낙스가 효력을 발휘하기 시작하자, 두

려움이 조금 안정되었다. 나는 더이상 하켄[15]에 매달려 있지

않고 오로지 자일로만 다니엘에게 연결되어 있었다. 만약 아

래로 떨어지면 그에게 안전을 신세져야 할 터였다. 다니엘이

---

15) 암벽 또는 빙벽을 등반할 때 바위나 얼음에 박아 중간 확보물로 쓰는 큰 쇠못.

피켈로 암벽을 찍는 동안, 고소공포증이 나를 찾아와 끈질기게 이어졌고 다리 힘이 빠졌다. 나는 등을 구부리고 두 팔을 벌린 채 앞으로 조금씩 나아갔다. 앞에서는 실뱅이 벌써 첫 번째 능선 꼭대기에 서 있었다. 나는 빨라진 심장박동을 늦추기 위해 입을 벌리고 천천히 호흡했다. 그것은 보이지 않는 적처럼 나를 압박해오는 공포에 맞서는 하찮은 몸짓이었다. 희생양인 나를 잡으려고 골짜기에서 전속력으로 쫓아 올라오는 괴물 말이다. 나는 불안발작을 알리는 전조들을, 오직 하나의 대상에 집중되고 고조되어가는 그 두려운 느낌을 잘 안다. 그 고조가 공포 발작으로 변할 수 있다는 것도 경험을 통해 안다. 압박감이 점점 세져 나를 신체 내부로 고립시키고 현실과의 정상적 관계를 박탈해버리는 것이다. 심장이 마구 뛰고, 땀이 흐르고, 의식이 굽이를 다시 지나가야 한다는 하나의 생각에 고정되었다. 그 의식은 세상과의 연결을 끊어놓고 과정을 뒤바꿔버렸다. 잠깐 동안이지만 끔찍했다. 갑자기 공포 발작이 일어난 것이다. 처음으로 이러다 미칠 수도 있겠다는 생각이 들었다. 그런데 그렇지가 않았다. 내게 닥친 상황은 위험한 것이 아니라 매우 불쾌했다. 이 모든 것을 멈추려면 진정제 한 알을 더 먹어야 했다.

우리는 두 번째 능선에 가까워지고 있다. 꼭대기와의 거리가 줄어들었고, 피로가 내 의지를 잠식해오긴 했어도 심각한 어려움은 없었다. 지난 몇 달 동안 계획에 따라 열심히 운동을 했지만, 동료들과 같은 수준의 활력을 부여받기에는 충분하지 않았다. 게다가 지난 이틀 밤을 술을 마시고 파티처럼 보냈다. 건강에 신경을 쓰지 않았다. 그런 기본적인 규율조차 지키지 않으면서 나는 대체 무엇을 추구했던 걸까? 사람들은 왜 몽블랑을 정복하고 싶을 때 이유 없이 배를 든든히 채울까? 새로운 급사면까지의 거리가 얼마 남지 않았고, 나는 매우 숨가빠하며 위쪽에 도착했다. 허공 위 수백 미터 높이에 삐죽 내민 바위에 한쪽 발을 얹기 무섭게 자갈들 위로 미끄러졌다. 반사신경으로 균형을 되찾긴 했지만, 위험하다는 느낌이 확 끼쳐왔다. 어쨌든 추락하지는 않았다. 다니엘이 즉시 붙잡아주었으니까. 그는 기중기의 윈치만큼이나 굳건하고 강철 같은 악력으로 내 추락방지용 안전벨트를 움켜쥐었다. 우리 셋은 뾰족한 바위 위에 서로 몸을 붙이고 있었다. 실뱅과 다니엘이 재빨리 눈길을 교환하는 것 같았다. 나는 거기에 앉고 싶고 앉을 필요가 있었다, 지금 당장. 공포 발작이 강하게 밀려왔다. 죽을 것만 같았다. 그 순간, 불합리

한 생각이지만 지금 당장 죽을지도 모른다는 생각이 늘었다. 내가 공포 속에서 흔들리는 것을 알 수 있었다. 다니엘도 그것을 눈치 챘다.

"몸이 안 좋으세요?"

"기분이 별로 안 좋아."

"좀 앉으세요."

"죽을 것 같아." 나도 모르게 이 말이 튀어나왔다.

"아니에요, 뤼도빅. 모든 것이 잘되고 있어요."

"아무래도 헬리콥터를 불러야 할 것 같아."

"여기서 조금 쉴 거예요." 그가 우리 발밑에 배낭을 내려놓으며 설명했다. 그런 다음 웅크려 앉아 자기 수통을 나에게 내밀었다. "자, 마셔요. 모든 것이 양호해요. 당신이 겪고 있는 일도 다분히 정상적이고요. 이제 제 말을 잘 들어보세요."

그가 검은 눈으로 믿음직스럽게 나를 응시했다. 그래서 그의 얼굴을 마주 보지 않을 수 없었다. 몸을 내 마음대로 통제할 수가 없었다. 나는 두려움 때문에 꼼짝 않고 앉아 있었다. 어서 사형이 집행되어 허공으로 떨어지기만을 기다렸다. 해결책은 하나뿐이었다. 나를 때려눕혀 헬리콥터로 송환하는 것. 다니엘이 단호하면서도 침착한 목소리로 나에게 말했다.

"자, 지금 상황을 말씀드릴게요, 뤼도빅. 당신에겐 아무 일도 일어날 수 없어요, 아시겠죠? 당신에겐 아무 일도 일어날 수가 없다고요. 처음이라 몸에 그런 반응이 일어난 거예요. 당연한 반응입니다. 미처 예상하진 못했지만요. 이 상황에서 해결책은 두 가지가 있는데, 결정은 당신이 하세요. 첫째는 자일을 끌어당기며 저 아래까지 다시 내려가는 거예요. 쉬워요, 암벽을 따라 몸을 미끄러뜨리기만 하면 되니까요. 힘들지 않아요. 하지만 그렇게 하면 이후 일이 복잡해질 겁니다. 몽블랑에 오르는 것이 불가능해질 거고, 결국 포기해야 할 거예요. 그래도 심각할 건 없어요. 포기할 줄 아는 건 용감한 일이기도 하니까요. 둘째는 발작이 지나갈 때까지 기다리는 거예요. 필요한 시간만큼 호흡을 하며 기다리는 거죠. 서두를 것 없으니까요. 그러다 보면 발작은 틀림없이 지나갈 거예요. 늘 그렇거든요. 그런 다음 계속 길을 가서 저 위에 있는 페르세 봉으로 올라가는 겁니다. 당신 리듬에 맞춰서 갈 거고, 한 시간 내에 도착할 거예요."

아직 두려움에 떨고 있었지만, 이번 등반의 첫 번째 정상이 손닿는 곳에 있다는 것 그리고 내가 도전에 응하기 위해 이 등반을 시작했다는 것을 나는 알고 있었다. 그 암석 위에서, 추억 하나가 떠올랐다. 대학생 때 권투 시합에 나간 일이었다. 그때 첫 번째 펀치에 선 채로 KO를 당했다. 기습적으로 들어온 그 어퍼컷에 정통으로 맞았고, 나는 번개를 맞은 듯 싸움이라는 현실을 깨달았다. 그 전까지는 한 번도 링 위에서 상대와 맞서지 않고 기술만 배웠었다. 나는 자낙스를 한 알 더 먹었다. 죽을힘을 다해 버티고 있는데 좀비처럼 보이기라도 하면 그야말로 떡힌 일이다. 더 나아가 빌어먹을 일이다. 나는 페르세 봉을 등반하는 펑크족 좀비인 것이다. 단단히 결심했다. 어떤 대가를 치르더라도 저 산꼭대기에 오를 것이다. 그러려면 힘을 내야 했고, 나는 진정제를 한 알 더 삼켰다.

이번에는 내려가는 코스여서 자일을 타고 내려갔다. 낭떠러지에서 허술한 추락방지용 안전벨트에 앉아 뒤로 출발하는 느낌이 묘했다. 그것은 자연에 반하는 몸짓이고, 다른 한편으로는 평소 도시생활에서 내가 보인 평범한 반응들에 역행하는 몸짓이기도 했다. 산이 내 입장을 거꾸로 뒤집어놓았다. 나는 왼쪽 오른쪽, 위 아래를 알아보지 못했다. 동료들이 혹시 문제가 생기면 골짜기로 뛰어내리고, 올라갈 때는 팔보다는 다리 힘에 의지하라고 말해주었다. 그리고 어린아이 같은 마음을 가지라고 했다. 산은 어른들이 오르는 나무라면서.

세 번째 능선 밑에 이르렀을 때는, 내가 누구인지 여기가 어디인지 더이상 알 수가 없었다. 고소공포증의 충격이 너무 심해서 이성이 흔들리고, 눈앞에 형광색 나비들이 날아다녔다. 내가 아닌 다른 누군가가 여기에 와 있는 것 같았다. 내면의 목소리가 나에게 말했다. '그러니까 너 성공한 거지? 하지만 겁이 나서 죽을 지경일 거야. 인생에서 경험하는 가장 큰 두려움과 맞닥뜨릴 거라는 건 처음부터 알고 있었잖아. 지난 열 달 동안 네가 얼마나 많이 변했는지 생각해봐. 너는 고통을 잊기 위해 약들을 마구 삼켰지. 하지만 여기에, 전에 한 번도 와본 적이 없는 2700미터 고도의 산꼭대기에 와 있어. 너도 다른 사람들과 똑같아. 겁이 많지만 동시에 용감하기도 해.'

페르세 봉을 앞에 두고 다니엘이 마지막으로 안전 확보에 착수했다. 내면의 목소리는 계속 나에게 말을 건넸다. '봐, 저들이 너를 선두에서 출발하게 하잖아. 길도 쉬워 보여. 저들이 친절한 거지. 맨 먼저 꼭대기에 도착해 정상을 정복했다는 환상적인 기분을 느껴봐. 그리고 네가 성취하고 있는 육체적 업적보다 이들의 우정이 더 중요하다는 걸 잊지 마. 이 친구들은 자기들 수준에 맞는 다른 등반대에 속해 더 어려운 코스로 등반할 수도 있었어. 하지만 그러지 않고 네 곁에 있잖아. 너를 위해 여기에 있는 두 사람을 봐. 이 사실을 잊지 말고 기억해둬.'

내 두 손이 마지막으로 힘을 내 바위를 움켜쥐었다. 성취감 덕분인지 다시 힘이 났다. 하지만 몇 미터 가고 나니 왼손을 짚을 곳을 찾지 못해 체중이 온통 오른쪽으로 쏠렸고, 발끝이 암벽에서 자꾸 떨어지려 했다. 빨리 거취를 결정하지 않으면 암벽에서 떨어져 허공 속으로 추락할 상황이었다. 나는 왼손을 더 높이 뻗으려 했다. 그러나 실패했다. 몸이 뒤로 훌쩍 물러나는 느낌이 들었다. 그랬다, 나는 아래로 떨어졌다. 속도가 매우 빨랐다. 1초도 걸리지 않아 3미터쯤 떨어진 것 같았다. 다니엘이 재빨리 내 안전을 확보하고 나를 붙잡아주었다. 떨어진 높이가 끝도 없이 멀게 느껴졌다. 느낌으로는 한 200미터쯤 되는 것 같았다. 나는 자일에 몸이 묶인 채 골짜기 위에 대롱대롱 매달렸다. 잠시 후 움직임이 멈추었고, 몸을 추켜올릴 수 있었다. 다니엘과 실뱅이 나를 끌어올려, 그 난국에서 벗어나도록 도와주었다. 그들이 있는 곳으로 올라가니, 다행스러워하는 얼굴들이 보였다. 나는 괴상한 표정을 지었다. 그들의 높은 웃음소리와 그들이 느끼는 기쁨에 전염되었기 때문이다.

"드디어 첫 비행을 했네요!" 다니엘이 갑자기 진지한 표정을 지으며 말했다. "그렇게 뒤로 떨어지는 걸 '비행한다'

고 해요, 기억나요? 암벽등반을 하는 사람이라면 누구에게나 일어나는 일이죠. 무척 흔해요, 일반적인 일이기도 하고요. 당신에게 일어나야 했던 일입니다. 이 일 말고 다른 일들도 일어날 거고요, 확실해요. 등반이란 그런 겁니다, 친구."

"산에는 다른 어디에도 없는 행동의 법칙이 존재해요." 실뱅이 말했다. "10년 뒤에도 당신은 여기서 한 모든 행동과 여기서 만진 모든 돌들을 기억할 겁니다."

"두 번 다시 새가 되기를 꿈꾸진 않을 걸세. 하늘을 나는 건 정말 끔찍해." 내가 입을 삐죽거리며 말했다. 나는 자낙스 상자를 꺼냈고, 한 알 더 먹을지 말지 망설였다. 권장량을 초과해 정신을 잃지나 않을까 겁이 났기 때문이다.

"그 약은 뭐예요?" 실뱅이 물었다.

"자낙스, 진정제야."

"그렇게 겁이 나세요?"

"그래, 아마 자네는 상상도 못할 거야. 하지만 이 알약들 덕분에 많이 괜찮아졌어."

"저한테도 한 알만 주실래요?"

"왜, 자네도 컨디션이 안 좋아?"

"저야 괜찮죠. 그냥 그 약이 어떻게 작용하는지 알고 싶어서요."

"이건 사탕이 아니야, 실뱅. 그리고 자네는 이미 무모한 사람인데, 이것까지 먹으면 가미카제 대원처럼 될 거야."

"혹시 미우라 유이치로三浦雄一郎라고 아세요? 1974년에 직선 활강으로 에베레스트에서 내려온 일본인 말이에요."

"아니." 내가 말했다. "난 그런 상상은 하고 싶지 않은데."

"오늘 저녁에 인터넷으로 그 동영상을 보여드릴게요. 오토바이를 좋아하시니까 아마 마음에 드실 거예요."

나는 아까 느낀 두려움을 다시 느끼지 않았다. 실제로 추락해보니 상상했던 것보다는 덜 무서웠다. "두려움 속에서 사는 건 끔찍한 일이야. 그게 바로 노예의 삶이지." 영화 〈블레이드 러너Blade Runner〉[16]의 주인공은 이렇게 말한다. 그렇다, 우리는 두려움을 교묘히 피하면서 공포에 굴복한다.

페르세 봉 정상은 눈에 덮여 있었다. 7월인데 우리가 도착하기 며칠 전까지도 눈이 왔다고 한다. 이곳에서는 겨울이

---

16) 리들리 스콧 감독이 연출한 1982년작 할리우드 SF영화. 2019년이라는 미래를 배경으로 복제인간을 폐기하는 블레이드 러너 릭 데커드의 이야기가 전개된다.

여름의 문턱에까지 연장되어 있었다.

우리는 암벽화를 벗고 잠시 휴식을 취하며 비브람Vibram 창[17]이 달린 큼직한 등산화로 갈아신었다. 경사가 완만해지고 바닥이 하얀 눈으로 덮여갔다. 2752미터 높이인 정상까지 이어지는 길은 점점 좁아졌다. 나무로 된 사람 키만 한 예수 수난상이 거기서 우리를 기다리고 있었다. 그것은 산 정상에 오르는 일이 영적 추구를 동반해 이루어졌던 지나간 시대의 증거물이다. 실제로 그 높은 곳에서 신을 만나고 놀랄 수도 있다. 만약 신자라면 이곳이 그리 높게 느껴지지 않을 것이고, 무신론자라면 너무 높게 느껴질 것이다.

구름들이 자취를 감추었다. 페르세 봉 정상은 거대한 사각형 모양의 몽블랑 정상이 프리깃함과 어뢰정들 무리 한가운데에서 마치 항공모함처럼 당당히 모습을 드러내는 이곳 몽블랑 산군山群에서, 가장 아름다운 전망을 볼 수 있는 곳 중 하나였다. 나흘 뒤에 이곳 페르세 봉보다 두 배 더 높은 저 산꼭대기에 다다를 거라고는 믿기 힘들었다. 나는 완전히

---

17) 이탈리아 비브람 사社에서 생산하는, 스파이크 타이어처럼 뚜렷한 요철 무늬가 있는 고무 밑창. 튼튼하고 바닥의 충격을 잘 흡수해서 등산화 및 일반 캐주얼 슈즈에 많이 쓰인다.

지쳐 몸도 신경도 기진맥진해 있었다. 몸이 떨리고 울고만 싶었다. 내 뇌는 마치 전원이 차단된 컴퓨터처럼 몽블랑 등반에 관한 생각을 거부하고 있었다. 하지만 감춰진 깊은 의식에서 솟아난 희미한 웅성거림 속에서 그 등반의 가능성을 조금씩 감지했다. 뭔가가 어떤 부분을 막 양보했다. 하지만 어디로? 전혀 알 수 없었다. 하기야 무엇을 정확히 알 수 있겠는가? 나는 더이상의 것을 알지 못했다.

내 휴대폰으로 찍은 이때의 사진을 보면, 나는 실뱅과 함께 있다. 실뱅은 커다란 시가를 빨고 있고, 나는 담배를 피우고 있다. 피곤한데도 내 얼굴은 일종의 평온함과 깊은 고요함에 잠겨 있다.

15분 뒤, 우리는 자일에 매달려 내가 그토록 힘겹게 기어오른 암벽들을 다시 내려갔다. 나는 몸의 무게가 덜어지는 묘한 느낌을 다시 받으며 허공을 등지고 암벽을 따라 미끄러졌다. 첫 전투가 잿더미가 되어버린 느낌이었다. 이윽고 우리는 눈 덮인 비탈에 다다랐는데, 마치 스키를 타지 않고 스키 활강로를 내려가야 하는 것처럼, 나에게는 그곳을 올라가는 것보다 내려가는 것이 더 아찔하게 보였다. 다니엘이 내 몸을 자일로 묶어 자기와 연결했고, 실뱅은 마치 스키 선수처럼 직선 활강으로 비탈에 몸을 날렸다. 그가 일으킨 분설粉雪이 햇빛을 받아 푸르스름하게 보였다. 우리는 등산화 뒤축을 얼음 속에 요란하게 박아넣으며 같은 길을 신중하게 따라갔다. 갑자기 몸의 무게가 확 줄고 추락과 죽음이 임박한 느낌이 다시 들더니, 잠시 후 괜찮아졌다.

"미끄러지셨네요." 다니엘이 짧게 말했다. "별일 아닙니다."

이번에는 무슨 일이 일어난 건지 그가 나에게 설명할 시간이 없었다. 그는 비탈 저 아래를 가리켰다. 그가 가리킨 곳을 보니, 건물이 한 채 있고 실뱅이 벌써 거기에 도착해 있었다. 그라뮈세 대피소refuge de Gramusset였다.

내 기억으로는, 산의 대피소에 가본 것은 그때가 처음이었다. 그곳은 겉보기에는 투박하지만 꽤나 잘 관리되어 있었다. 젊은 여자 두 명이 그곳을 지키고 있어서 나는 내심 놀랐다. 그런 일은 남자들이 할 일이라고 생각했던 것이다. 둘 중 더 젊은 여자는 그르노블의 노인 병동에서 일하는 간호사인데, 힘든 근무여건에 지쳐 몇 달 동안 '퇴각'해 여기서 지내고 있다고 했다. 꾸밈없는 아름다움과 육감적인 미소를 지닌 아가씨였다. 테라스에서 등산객 몇 명이 플라스틱 컵 몇 개를 앞에 놓고 앉아 그간의 산행에 대해 이야기하며 휴식을 취하고 있었다.

우리는 그들로부터 조금 떨어진 곳의 벤치에 앉았다. 우리는 대피소에서 밤을 보낼 예정은 아니었다. 그것이 그 사람들과의 차이점이었다. 실뱅이 캔맥주가 담긴 쟁반을 가지고 돌아왔다. 나는 사양하지 못하고 단숨에 맥주를 들이켰다. 위험한 여행에서 무사히 놀아온 기분이었다. 술이 들어가니 담배 생각이 났고, 혈관을 타고 온몸으로 퍼져 나가는 감미로운 독을 음미하며 담배 한 개비를 피웠다. 다니엘이 몽블랑 등반에 대해 다시 이야기했다. 그가 오늘 아침에 일기예보를 확인했는데, 수요일에 폭풍우가 올 거라고 하니 그날 출발하는 것은 불가능 할 거라는 이야기였다. 목요일 아니면 금요일에 출발해야 했다. 실뱅과 다니엘은 진입로들을 다시 검토했다. 여러 고개, 대피소, 산봉우리들의 이름이 대화 속에 등장했다. 나는 들어보지도 못한 이름들이었지만, 두 사람은 그 이름들을 거명하며 진지한 논평을 이어갔다. 실뱅은 이탈리아인의 능선을 통해 올라간다는 원래의 계획을 고수했고, 다니엘은 그 코스는 나에게 '조금 힘들' 수 있다고 응수했다. 다니엘의 그 완곡한 표현을 들으니, 목덜미를 따라 두려움의 전율이 흘러내렸다. 아까 온 코스가 '쉬운' 것이라면, '조금 힘든' 코스는 과연 어떨지 상상조차 할 수 없었다. 나는 다니엘의 의견에 공모의 의사를 보내며 미소 지었다. 잠시 후, 갑자기 다니엘이 엄숙한 어조로 '루아얄 길 voie Royale'에 대해 이야기했고, 실뱅은 멸시와 존경의 뜻을 동시에 표하며 어깨를 으쓱거렸다.

어제 저녁 등산 사이트들을 서핑하다가 다음과 같은 글을 읽은 기억이 났다. "루아얄 길은 '노르말 길voie Normale[18]'이라고도 불리며, 유럽의 지붕 몽블랑에 오르는 가장 무난한 코스이다." 평범함, 평범하게 사는 것은 등반의 목적과는 상반된다. 단 하루의 경험만으로도 그것을 충분히 이해할 수 있었다. 나는 우연히 여기에 온 것이 아니다. 자유를 위해, 상황을 마음대로 처리할 권리를 갖기 위해 싸우는 중이다. 샤모니로 출발하기 전, 나는 야닉 하넬Yannick Haenel이 나

---

18) '노르말normal'은 프랑스어로 '보통의' '평범한'이라는 뜻이다.

에게 준《창백한 여우들》에서 화자 장 데시엘이 실존 속에서 중대한 도약을 하기로 마음먹는 대목을 적어두었다. 그런데 나는 실존 속에서 나의 도약을 실현하지 않고 무엇을 하고 있단 말인가? 전도된 중력 속에서 거친 무한을 향해 몸을 맡기는, 위쪽으로 이루어지는 도약 말이다.

젊지만 조심성 있어 보이는 간호사 아가씨가 우리에게 다가왔다. 눈에 호기심의 빛이 반짝였다.

"이 골짜기에 자주 오세요?" 그녀가 다니엘에게 물었다.

"네, 이 지역에서 자주 일합니다." 다니엘이 실뱅과 눈길을 교환하며 대답했다.

"제가 사람들의 얼굴을 잘 기억하지 못하는데, 틀림없이 본 적이 있는 분 같아서요."

"그럴 수도 있겠네요."

"이곳 사람들을 잘 아세요?"

"안내인들을 알죠. 제가 올해에 프랑스 암벽등반 주니어 팀을 훈련시키고 있거든요." 그가 말했다.

"안내인이세요?"

"네. 하지만 몽펠리에 삽니다. 이름은 다니엘 뒤 락이고요."

"그러니까 바로 그분이군요! 텔레비전에서 당신을 봤어요. 세계 챔피언이셨죠!"

다니엘은 그 아가씨에게서 눈을 떼지 않은 채 맥주를 한 모금 마셨다.

"네, 2007년과 2008년에 그랬죠. 그 후엔 다른 일을 하려고 그만뒀고요. 아프리카와 아시아로 등반을 갔어요."

실뱅은 조용했다. 아마도 이 사건을 재미있어하는 것 같았다. 마치 포커 치는 사람처럼 큼직한 시가를 손가락 사이에서 돌리며 피우는 모습에서 그것을 느낄 수 있었다. 물론 그 간호사 아가씨에게 나는 존재하지 않는 사람일 것이다. 너무나 평범하게 보일 테니까. 술, 니코틴, 게다가 아까 페르세 봉에서 경험한 갑작스러운 심장 대상부전代償不全 때문에 좀 얼떠지기도 했다.

"책 읽는 거 좋아해요?" 내가 물었다. "여기서 석 달 동안 지내기로 했다니 말이에요. 할 일이 별로 없을 것 같은데…."

"오히려 그 반대예요. 손님들이 끊임없이 찾아오거든요. 하지만, 네, 책 읽는 거 좋아해요. 왜요, 저한테 책이라도 파시려고요?"

"맞아요. 이 작가, 실뱅 테송의 책을요. 세상에서 물러나

시베리아에서 생활한 경험에 관해 책을 썼죠."

바로 그때, 젊은이다운 얼굴에 턱수염을 짧고 듬성듬성하게 기른, 케추아어[19]를 쓰는 청년 한 명이 등산객 무리의 테이블을 떠나 우리에게 다가왔다.

그가 실뱅에게 말했다. "실례가 안 된다면 대화에 좀 끼어도 될까요? 선생님 성함을 들었거든요. 제가 제대로 알아본 것 같습니다. 책이 무척 좋았다고 말씀드리고 싶어요. 정말로요. 무척 독창적이라고 생각했습니다. 그 책을 끝까지 읽었어요."

"고마워요, 내 책이 마음에 들었다니 무척 기쁩니다. 책이 나온 뒤로는 나도 다시 읽어보지 못했어요. 끝까지 읽을 용기가 있는지도 모르겠고요."

실뱅이 자기 잔을 들어올리고 건배를 했다. 몇 달 전부터 그는 이런 호감 표시에 익숙해 있었다. 그리고 그때마다 자신은 그런 성공을 누릴 충분한 자격이 없다고 생각하고, 그것은 오해라는 묘한 느낌을 경험하며 기분 좋게 응답했다.

---

19) 남아메리카 원주민들의 언어. 페루·볼리비아·에콰도르에서 스페인어와 함께 공용어로 지정되어 있다.

청년은 기뻐하며 정말 실뱅 테송이 맞는다고 친구들에게 이야기했다. 그 소식이 그들의 호기심을 폭발시켰고, 너도 나도 그 책에 대해 알고 있는 것들을 자신의 방식으로 이야기했다. 나는 예쁜 간호사 아가씨를 관찰했다. 그 테라스에는 온통 남자들뿐이었고, 그녀에게 무관심한 남자는 아무도 없었다.

저녁 7시 30분. 안 고개로 내려갈 시간이다. 거기서 다시 자동차를 타고 먹을 것을 마련하러 그랑 보르낭으로 가야 한다. 대피소를 떠나기 전, 다니엘은 연락이 끊긴 안내인 친구를 찾고 싶다는 구실로 간호사 아가씨의 전화번호를 조심스럽게 물었다.

밤 9시 30분경에 그랑 보르낭에 도착했다. 여름이 약속을 지키고 있다. 낮의 햇빛도 아직 기분 좋게 남아 있다. 햇빛은 축제의 밤을 알리며 포근한 공기 속에서 일렁인다. 하지만 우리가 들르는 식당마다 사람들은 저녁 영업이 끝났다고 말했다. 산골 사람들은 야행성이 아니고 실용주의자이다. 밤은 잠을 자는 시간이라는 것이다. 결국 우리는 모퉁이에 보이는 가장 화려한 건물로 이동했고, 거기서 장 크리스토프를 만났다. 그는 낮에 그 지역에서 최근에 출간된 책《불멸의 산책》의 사인회를 마치고 온 길이었다. 얼굴이 핼쑥했다. 그는 우리와 합류해 우리의 이야기에 호의적으로 귀 기울였다. 그러나 내가 느끼기에는 아직도 낮 동안 사인을 해준 수십 명의 독자들과 함께 있는 것 같았다. 그가 타인에게 기울이는 관심 속에는 인도주의에 헌신하는 의사의 감정이입 비슷한 것이 엿보인다. 그가 휴식을 취하는 동안, 식사가 이어지고 술잔들이 비어갔다. 실뱅이 농담을 하자 그의 눈길에 평온함과 즐거움이 스쳐 지나갔다. 겉으로 드러나든 잘 감춰져 있든, 나는 그처럼 불안을 잘 이해하는 작가를 알지 못한다. 그것은 다락방에 유폐된 저주받은 시인의 낭만 넘치는 상투적 표현과는 다르다. 내가 말하는 것은 화학적 불안, 목구멍을 바싹바싹 마르게 하고 새벽 4시에 잠에서 깨게 하는 불안이다. 해가 기울 때, 낮과 밤 사이의 모호한 시간이 흘러갈 때, 별다른 이유도 없이, 하지만 끈질기게 출몰하는 불안 말이다. 그럴 때면 인공 낙원paradis artificiel[20] 말고는 어디로도 피신할 수 없다는 절망적인 기분이 든다.

우리는 주기적으로 밖에 나가 담배를 피웠는데, 식당 안을 지나가는 것이 점점 눈치가 보였다. 나는 다니엘이 빌려준 플리스 재질의 녹색 스웨트 셔츠 차림이었고, 실뱅은 보

---

20) 약물의 힘을 통한 쾌락의 경험을 뜻한다. 프랑스의 상징주의 시인 보들레르가 1860년에 발표한 책 《인공 낙원Les Paradis artificiels》에서 유래한 표현이다.

라색의 괴상한 티셔츠를 입고 팔뚝에는 부목을 대고 있었다. 예전에 등반하다가 다친 곳인데, 통증이 도질 때마다 부목을 대는 것이다. 장 크리스토프는 머리가 길고 사흘 동안 턱수염이 자라나서, 젊은 사람들을 무기력하게 돌보는 진행자처럼 보였다. 우리의 웃음소리는 시끄러웠고, 나는 주위 사람들이 우리의 웃음소리에 깜짝 놀라 눈살을 찌푸리는 것을 눈치 챘다. 하지만 신경 쓰기에는 너무 늦었다. 우리는 스탕달의 즐거운 조언 'SFCDT(Se Foutre Carrément De Tout, 그 무엇에도 신경 쓰지 마라)'를 따랐다. 작가들은 이럴 때 손을 잡아줄 줄 안다. 그들 자신이 불안과 악몽을 경험했으므로, 미래가 우리를 삼켜버리기 전에 지금 물 위를 걸어야 한다는 것을 안다.

우리는 마지막까지 식당 안에 남아 있는 손님이었다. 주차장에서 우리만큼 술에 취한 영국인들이 파티용품을 손에 들고 비틀거리며 서로를 뒤쫓았다. 어떤 사람들은 턱시도 차림이었고, 다른 사람들은 동물 가면을 쓰고 있었다. 우리는 등산복 차림일 뿐 아무런 변장도 하지 않았다. 운전대를 잡을 수가 없어서, 나는 다니엘에게 차 키를 건네주었다. 금욕적이고, 분위기가 아무리 흥겨워져도 표정이 바뀌지 않고,

언제나 침착한 친구이다.

그러나 첫 번째 커브가 나오자마자, 내 불쌍한 클리오의 타이어들이 바닥과 마찰해 삐걱거리는 소리를 냈다. 다니엘은 무척 빠르게 차를 몰았다. 그렇게 미친 속도로 산길을 20킬로미터 달려가는 것은 고문이나 다름없었다. 장 크리스토프의 산장까지 아직 몇백 미터가 남아 있는데, 갑자기 다니엘이 핸드브레이크를 당겼다. 차가 길 한가운데에 멈춰 섰다. 실뱅과 다니엘이 말 한마디 없이 차 밖으로 나가 헤드라이트 불빛 속에서 몇 발자국 걷더니 멈추었다. 나는 차 뒷좌석에 앉은 채 두 사람을 지켜보았다. 엔진이 여전히 돌고 있었다. 무슨 위험한 일이 생긴 건가 싶어 겁이 났다. 두 개의 소변 줄기가 아스팔트 위에 튀는 모습이 보이기 전까지는 말이다. 그런데 혹시 차가 뒤로 미끄러져 내려가면 어쩌지?

우리는 산장에 도착해, 테라스에서 마지막으로 한 잔 더 했다. 귀뚜라미 울음소리가 골짜기의 깊은 침묵을 흔들었다. 이윽고 우리는 식탁 앞에 앉아 낮에 있었던 일들을 죽 이야기했다. 지도를 보며 몽블랑 공략 전에 가게 될 코스들도 연구했다. 사실 그건 거의 나 때문이었다. 그 코스들은 내 훈련의 일환이었다. 4807미터 높이의 몽블랑에 오르려면, 적어도 나흘 정도 높은 곳에서 땀을 흘리며 낮은 산소 농도에 익숙해져야 했다. 술을 몇 병 더 땄고, 코냑을 마셨고, 마지막으로 장 크리스토프의 이웃 사람이 증류해줬다는 배로 만든 달콤한 술도 마셨다. 나는 그날 초저녁에 개봉한 담뱃갑에 마지막으로 남은 담배 한 개비를 피웠다. 목구멍이 불타는 것 같고, 손가락에 니코틴 냄새가 배어들었다. 지나치다 싶을 정도로 강렬한 할로겐 등을 켜놓은 방 안에 담배연기가 떠다녔다. 창문 너머의 어둠이 어느 때보다 짙었다. 어둠은 마치 보아뱀처럼 등반에 대한 나의 꿈을 꽉 조이고 삼켜버리려는 것 같았다.

나에게 생기를 불어넣어주는 이 모험 속에서, 내가 집착하던 고통들로부터 해방될 필요가 있었다. 인생의 한가운데에서, 내가 나의 가치를 떨어뜨리는 '비참한 몇 가지 비밀들'만큼이나 나를 높이 고양해주는 꿈들에 간절히 매달리고 있다는 자각이 들었다.

짧은 밤을 보낸 뒤, 전화기 알람이 울리기 전에 잠에서 깼다. 아침마다 그러듯, 나는 진정제 한 알을 먹고 덤으로 돌리프란도 한 알 삼켰다. 1층에서 다른 세 사람이 자고 있었다. 7월 1일 월요일, 두 달간의 진짜 여름이 시작되는 첫날이다. 바깥의 선명한 햇빛이 울퉁불퉁한 산세의 굴곡을 더욱 두드러져 보이게 했다. 하늘이 맑아서 눈길 닿는 곳마다 평소보다 20퍼센트는 더 멀리까지 보이는 느낌이었다. 모든 것이 뚜렷이 보였다. 힘든 일정이 나를 기다리고 있었다. 콩타민 Contamines에서, 암벽 등반 연습용으로 이용되는 간단한 암벽들 위에서 훈련할 것이다. 거기서 낮 시간을 보낼 것이다. 하지만 9시가 되어도 아무도 일어나지 않았다. 나는 테라스에서 비스킷을 곁들여 커피를 마시며 음악을 들었다. 몸 상태를 살폈다. 근육통도 없고, 몸이 욱신거리지도 않았다. 몸 전체가 긴장 상태였다. 아마도 몽블랑 비탈에 발을 디딜 때까지 계속 그럴 것이다. 그때까지 내 신경들이 총출동해 통증과 피로를 감출 것이다. 장 크리스토프가 늦잠을 잔 사실에 뿌루퉁해져서 테라스로 나와 나에게 합류했다. 그는 불면증이 있어서 새벽에야 잠들었다. 그가 자기에게 술을 먹인 것에 대해 빈정거리며 나를 조금 나무랐다. 그러고는 커피 한 사발을 들이켜고 비스킷을 조금 깨작거린 다음 거실로 물러갔다. 15분 뒤, 집 안이 활기를 띠었다. 다니엘이 노트북 컴퓨터로 프랑스 등반 주니어 팀의 최근 소식들을 찾아보았고, 실뱅은 투박한 걸상들이 주위에 놓인 커다란 나무 탁자에서 일을 했다. 방 건너편 끝에서는 장 크리스토프가 리드 권총을 손에 들고 벽에 붙은 과녁을 조준하고 있었다. 다니엘과 실뱅이 그의 사정거리 안에 있었다. 작은 총알들이 획획 소리를 내며 그들 머리 위로 날아갔다. 이 상황이 위험하다는 걸 알아차릴 사람은 언뜻 봐도 나뿐이었다. 장 크리스토프가 팔을 내리고 내 쪽을 돌아보았다.

"한 발 명중시키는 것도 나쁘지 않군. 이 모든 것이 자네 때문이야. 나 다시 담배를 피우기 시작했고, 그래서 몸이 떨린다고." 그가 농담을 했다. "자, 밖에 나가서 담배 한 대 태울까?"

실뱅과 장 크리스토프는 우여곡절 많았던 인생의 시련을 통해 습득한 조금 가혹한 유머를 구사한다는 공통점이 있었다. 그들의 공모관계는 끈끈했다. 그들은 15년 전부터 친하게 지냈지만, 신기하게도 함께 산에 오른 적은 한 번도 없었다.

콩타민 암벽에서 훈련하며 그날 하루를 보내는 내내, 나는 내 등반 실력을 엄격하게 측정해보았다. 거의 제로나 다름없었다.

8시간 동안 암벽등반 실습을 받은 결과 내가 깨달은 것은 다음과 같다.

1. 기본적으로 팔이 아니라 주로 다리에 힘을 실어야 한다.
2. 무게중심을 낮추고, 무릎을 굽히고, 뒤꿈치를 내려야 한다.
3. 자일의 매듭 묶는 법은 선원들이 밧줄로 돛을 묶는 방

법처럼 복잡하다. 다시 말해 외우기가 불가능하다.

이 둘째 날이 끝나갈 무렵, 나는 어제 등반한 정도에 근접했다고 무심하게 평가했다. 인생에서도 그렇게 전진해야 하지 않을까? 문제들의 본질을, 이런저런 것들을 시도하기 위해 무릅써야 할 위험들을 알지 못한다 해도. 암벽에서 손발을 두는 새로운 기술들을 실습하고 나니 더욱 겁이 났다. 만약 오늘 페르세 봉에 올라가야 한다면, 나는 무서워서 안 고개 주차장에 꼼짝 않고 박혀 있을 것이다. 실뱅과 장 크리스토프는 우리가 가는 길 옆쪽으로, 몸을 허공에 둔 채 팔힘에 의지해 올라가야만 하는, 가파른 절벽에서도 더 많이 기울어지고 튀어나온 부분으로 기어 올라갔었다.

언제 찍었는지, 장 크리스토프가 사진 여러 장을 나에게 보여주었다. 그는 사진 찍는 것을 무척 좋아했고, 새로 장만한 디지털 카메라의 여러 가지 사용법을 시험했다. 액정화면에 줄줄이 지나가는 사진들은 구도가 잘 잡혀 있었고, 나는 그 사진들에서 스페인 여행 때 나에게 수채화 몇 점을 보여주었던 그의 관찰력을 다시 한 번 인정했다.

"어쨌든 전부 다 삭제해버릴 거야." 그가 나에게 말했다.

저녁 7시이고, 골짜기는 아직 날씨가 덥다. 나무들 주위에, 높이 자란 풀 위에, 벌레 떼가 빙빙 맴돌며 나는 것이 보였다. 지금이 여름이라는 걸 확실하게 알려주는 그 모습에, 우리를 어두운 기분에서 끌어내고 바깥에서 활동하도록 밀어대고 우리 안의 본능적인 부분을 자극하는 여름의 힘에 마음이 뭉클해졌다. 장 크리스토프가 샤모니로 아페리티프를 마시러 가자고 제안했다. 그 도시는 전 세계에서 온 산사람들에게 점령되었다. 모든 사람들의 눈길이 도시를 지키는 수호신 쪽을 향하긴 했지만, 중심가의 보행자 전용 도로에서는 이탈리아어·일본어·러시아어로 이야기하는 소리가 들렸다. 마지막 햇살이 벌써 붉은 빛에 조금 감싸인 몽블랑의 하얀 꼭대기를 어루만지고 있었다. 시원한 맥주가 우리 테이블로 날라져 왔고, 갑자기 허기가 느껴졌다. 콩타민에서 아몬드와 햄 몇 장을 먹은 것이 전부였기 때문이다. 나는 허기를 가라앉히려고 담배에 불을 붙였고, 쉬지 않고 거의 절반을 피워버렸다. 우리는 서둘러 두 번째 주문을 했다. 이제 배가 고프지 않았다. 해를 바라보니, 이 봉우리에서 저 봉우리로 옮겨가는 모습이 마치 등 짚고 뛰어넘기 놀이를 하는 것 같았다. 누군가가 저녁으로는 뭘 먹을 거냐고 물었다. 아무도 대답이 없었다. 돌아가는 길에는 내가 운전을 했다. 산 공기와 친구들에 얼근히 취해 천천히 차를 몰았다. 자동차용 오디오에 연결해놓은 아이폰에서 다프트 펑크Daft Punk[21]의 노래들이 흘러나왔고, 창문을 통해 뜨듯한 바람이 흘러 들어왔다. 실뱅이 밖으로 고개를 기울인 채 이곳 풍경에 대해 이야기하고, 공공안전에 열을 올리는 이곳 사람들에 관해 논했다.

"언젠가는 길을 걷는 보행자들에게도 의무적으로 헬멧을 쓰게 할 거예요." 그가 단언했다.

뒷좌석에서 장 크리스토프가 고산에서 일어난 끔찍한 사고들에 대해 이야기했다.

---

21) 일렉트로닉 뮤직을 주로 하는 프랑스의 유명 듀오.

우리는 장 크리스토프의 산장에 도착해 곧바로 주방으로 달려갔다. 텅 빈 냉장고 앞에 넷이서 버티고 선 모습이 마치 미확인 비행물체를 발견한 네 명의 얼간이 같았다. 긴급회의를 연 뒤, 우리는 세 가지 사실을 확인하고 한 가지 결론을 내렸다.

1. 저녁 식사로 먹을 것이 아무것도 없다.
2. 우리 중 누구도 자원해서 요리를 하지 않을 것이다.
3. 우리는 기분이 아주 좋다.
4. 밖으로 나가야 한다.

네 남자의 몽블랑

실뱅이 위층으로 올라가 방에 틀어박혔다.

"저 친구 왜 저러는 거야?" 장 크리스토프가 나에게 묻고는 빙긋이 웃으며 덧붙였다. "좀 이상하네."

실뱅이 괴상한 옷차림을 하고 다시 내려왔다. 바지와 암벽화는 그대로였지만, 하얀 셔츠로 갈아입고 넥타이를 매고 재킷을 걸친 모습이었다. 그는 또 다른 흰 셔츠와 넥타이 그리고 티롤 스타일의 재킷을 나에게 내밀면서 입으라고 했다. 내가 옷을 갈아입는 동안, 실뱅은 구리로 된 피리를 주머니에서 꺼내, 볼쇼이 발레난 무용수처럼 팔짝팔짝 뛰며 짧은 곡조를 연주했다. 지역 일기예보 사이트에 집중해 있던 다니엘은 그제야 실뱅에게 주목했다.

장 크리스토프가 나에게 말했다. "내가 그르노블에서 저 친구를 정신병원에 넣을게. 그 병원 진료팀을 잘 알거든. 그 사람들은 등산가들에게 익숙해."

나도 익살을 부렸다. 나는 지그 춤 비슷한 춤을 추면서 실뱅을 흉내 냈다. 장 크리스토프가 방을 가로질러 걸어가 자신의 리드 권총을 꺼내 들고 선언했다.

"둘 다 해치워야겠군. 아무래도 그게 낫겠어. 그러면 두 사람도 더이상 고통 받지 않을 거야. 내가 다니엘과 함께 숲에 묻어줄게."

알프스 산맥에 천천히 어둠이 내려앉았고, 하늘이 붉은색
과 보라색으로 물들었다.

밤이 되자 헤드라이트 불빛이 어둠을 꿰뚫었고, 그 불빛
속에서 벌레들이 타닥타닥 튀었다. 입천장 아래쪽이 부풀어
오르며 전나무 냄새가 느껴졌다. 우리는 유기농 식당 한 곳
을 골라 들어갔다. 검소한 실내장식의 복고풍 식당으로, 연
한 빛깔의 나무로 된 구형 업라이트 피아노가 바에서 가까운
벽에 기대어 놓여 있었다. 우리는 햄, 얇게 썬 치즈, 생채소
와 과일이 담긴 커다란 접시를 앞에 놓고 바에 앉아 있었다.
식당 주인이 거르지 않은 와인 두 병을 내왔다.

나는 다니엘에게 내일의 여정을 결정했느냐고 물었다.

"네, 실뱅이 선두에 설 거고, 노르말 길, 니 데글Nid d'Aigle,
구테 대피소refuge du Goûter를 거쳐 몽블랑을 공략할 겁니다.
몸 상태는 어떠세요?"

"글쎄, 조금 피곤한 것 같아."

"내일은 나아질 겁니다. 우린 빙하를 경험할 거예요. 아시
게 되겠지만, 빙하는 일반 암벽등반과는 또 달라요. 제가 잘

보여드릴게요. 에귀뒤미디aiguille du Midi 케이블카에 일반 등산객보다 먼저 도착하려면 일찍 일어나야 해요. 거기서 내려 코스미크 능선arête des Cosmiques을 따라 다시 올라갈 겁니다. 전문적인 코스이긴 하지만 경치가 기가 막혀요. 당신에게도 도움이 될 겁니다."

이번에는 코스 내내 고도가 3850미터 이상일 것이다. 다니엘은 별것 아닌 것처럼 말하지만 대단한 노력이 필요할 테고, 나는 그 유명한 고산병과 처음으로 대면할 것이다. 내가 그것에 굴복할까, 아닐까? 전혀 알 수가 없다. 답은 저 위에 있다. 최근에 겪은 많은 일들이 그랬던 것처럼. 몇 가지 염려들을 내려놓지 못한다면, 분설 속에 파묻힐 수도 있다. 어쩌면 나는 등산을 하기에는 짐이 너무 많은지도 모른다….

계획을 실현하기에 가장 좋은 동시에 가장 고약한 순간이다. 일정상의 우연으로, 돌아가면 곧바로 월요일에 이혼을 하기 위해 아이들 엄마와 함께 판사 앞에 서야 한다. 지난 몇 달은 감당하기 힘든 슬픔의 나날이었고, 나는 고통에 맞서 그리고 그 고통을 끝내기 위해 행동에 나서고 싶은 유혹에 맞서 허둥거리는 '보잘것없는 남자'였다. 고통이 너무나 심해서, 어떤 날 밤에는 되유라바르의 내 아파트 안에 가만히 있을 수가 없었다. 아이들과 부모님은 구속복처럼 느껴질 뿐이었다. 몇 달 동안 나는 다른 사람이었고, 불행으로 몸이 굽고 외부의 공격을 피하기 위해 두 팔로 앞을 막은 내 옆모습을 알아보지 못했다. 다른 사람들까지 나를 못 알아보기 전에 내가 먼저 반응해야 했다. 그래서 도움이 될 만한 사람이라면 누구에게든 마음을 활짝 열었다.

이유는 알 수 없지만 실뱅이 내 옆에서 러시아어로 이야기했다. 그가 자리에서 일어나더니, 레드 와인 병을 손에 든 채, 꽤 저속해 보이는 여자 세 명과 긴 금발 머리의 젊은 남자 한 명이 차지하고 있는 테이블 쪽으로 갔다. 그러더니 와인 병을 휘두르며 그들의 언어로 건배를 하자고 제안했다. 여자들이 웃음을 터뜨렸고, 금발 청년은 수줍게 웃었다. 잔들이 채워지고, 들어올려졌다. 그리고 곧바로 비워졌다. 이윽고 실뱅은 피아노 앞에 앉아 슬라브 민속음악을 연주하기 시작했다. 등산가인 그의 손이 건반 위를 우아하게 달렸다. 상체는 앞으로 가볍게 숙여져 있었다. 헌팅캡을 머리에 쓴 그는 다른 시대에서 온 사람처럼 보였다. 어쩌면 우리는 광란의 시대의 파리 몽파르나스에 있는지도 몰랐다. 장 크리스토프와 다니엘은 실뱅 테송의 모험의 이 새로운 에피소드를 재미있어했다.

"저 친구가 피아노를 연주할 줄 아는지는 몰랐네요." 내가 장 크리스토프에게 말했다.

"그래, 정말 다행스러운 일이지. 저 친구가 트럼펫을 연주한다고 상상해봐. 그러면 우린 이 식당에서 얼른 도망쳐야 할 걸."

나는 티롤 스타일의 재킷 안에 옷을 전부 입은 채로 잠이 들었다. 시간이 몇 시인지, 상황이 어떤지도 알 수 없었다. 햇빛 때문에 새벽 5시에 잠에서 깼다. 몸에서 담배 냄새가 났다. 복통 때문에 괴롭고, 흉골 부근에서 허공이 입을 벌리고 있기라도 한 듯 벌써부터 겁이 났다. 하지만 몇 시간 뒤 코스미크 산괴massif des Cosmiques에서 빙하를 등반하기로 되어 있었다. 내 꿈의 실현이 바싹 다가와 있었다. 그 꿈을 실현하려고 지난 몇 달 동안 열심히 운동을 했건만, 지금은 그것을 무너뜨리는 데 열중하고 있다. 대관절 내 안의 무엇이 행복에 구멍을 내어 가라앉히려 한단 말인가?

돌리프란 한 알을 찾으러 갔다. 장 크리스토프가 벌써 일어나 주방을 정돈하고 있었다. 우리는 인사를 나누었다. 그도 나만큼이나 상태가 딱해 보였다. 나는 개수대의 물을 틀었다. 물이 차가웠다.

"샘물이야." 장 크리스토프가 나에게 말했다. "잘은 모르지만 난 수돗물 줄기 밑에 손가락을 대보고 바깥 기온을 가늠한다네. '수돗물은 샘물과 연결되어 있으니 조심해서 틀어야 한다.'"

그 말을 들으니, 물이 귀하고 소중한 자원이었던 세벤에서 지낸 어린 시절이 떠올랐다.

에귀뒤미디 전망대로 가는 케이블카 안에서, 나는 위로 올라감에 따라 점점 더 웅장해지는 몽블랑 산괴를 내다보았다. 아직은 무척 멀어 보였다. 케이블카 안에는 다양한 사람들이 빽빽이 뒤섞여 들어차 있었다. 절반은 중국인·슬로베니아인·러시아인·영국인 등 가볍게 차려입은 관광객들이었고, 나머지는 노련한 등산가들이었다. 그들 중에도 외국인이 많았다. 관광객들은 여기저기서 소란스럽게 굴었고, 등산가들은 산봉우리들에 진지한 눈길을 던지며 낮은 소리로 집중해서 이야기를 나누었다. 다니엘이 우리에게 앞으로 이틀 동안 날씨가 좋아질 테니 목요일에는 정상을 향해 출발할 수 있을 거라고 말했다. 얼마 전 대중에 문을 연 신新 구테 대피소에 우리의 자리를 예약해놓았다고 했다. 에귀뒤미디 전망대 승강장에서, 우리는 쇠로 된 사나운 아이젠을 등산화에 부착했다. 나는 눈 속에 무릎을 꿇었다. 넓은 커브길처럼 그려진 블랑슈 골짜기vallée Blanche로 이어지는 비스듬한 비탈이 내 앞에 펼쳐져 있었고, 첨봉 위 오른쪽에는 돌로 된 대들보 같은 봉우리 세 개가 버티고 있었다. 타퀼mont du Tacul, 모디mont Maudit 그리고 몽블랑이었다.

우리는 등반을 시작하기 위해 아래로 내려가 코스미크 능선을 우회해 능선 기저부에 자리를 잡았다. 처음 100미터는 좁고, 가파르고, 통로들이 많았다. 조심해서 가야 했다. 따뜻한 기온에 얼음이 녹아 물렁해져서 아이젠이 자꾸만 들러붙었기 때문이다. 몇 분이 지났을 때, 실뱅과 장 크리스토프는 아래쪽에 있었다. 나는 앞쪽으로 떨어질까봐 겁이 나서 걸음을 옮길 때마다 피켈을 박아넣었다. 팔이 떨리는 느낌이었다. 다니엘과 함께 다른 두 사람과 합류했을 때, 나는 자낙스한 알을 조심스럽게 삼켰다. 오늘 하루가 길고 험할 것 같은 예감이 들었다. 빙하 쪽으로 내려가는 내리막길에서 나는 짧은 수면, 담배, 술 그리고 근심걱정이 몸에 미친 영향을 실감했다. 아직 아침 9시인데 벌써 기진맥진해서 땀을 뻘뻘 흘리고 있었다. 얼굴에 땀이 줄줄 흘러내리는 바람에 눈이 화끈거렸다. 너무 더운 것 같아서 재킷 지퍼를 열었다가 다시 잠갔다. 아무래도 오늘 산행은 끝까지 하지 못할 것 같았다. 동료들과의 거리가 수십 미터 벌어졌다. 녹아서 물렁해진 눈에 무릎까지, 이어서 허벅지까지 푹푹 빠졌다. 나는 신경 써서 속도를 늦추었다. 분설 속에서 조심스레 한 걸음 한 걸음을 내디뎠다. 앞에 가던 동료들을 따라잡고 보니, 그들의 눈에 뭔가 묻는 듯한 표정이 어려 있었다.

"엉망이네요." 다니엘이 말했다.

"무슨 말이야?"

"눈이 많이 쌓여서 푹푹 빠져요. 아무튼 엉망이에요. 보세요, 우린 저기로 올라갈 거예요."

다니엘이 두 개의 암석판 사이, 얼어붙은 통로를 향해 수직으로 올라가는 길을 나에게 가리켰다. 좀 더 높이 올라가면 아주 조그맣게 보이는 케이블카 건물까지 하늘을 향해 삐죽삐죽 솟은 일련의 험한 산봉우리들이 시작되었다. 저 날카롭고 험한 암석 위를 어떻게 걸을지 알 수가 없었다. 그러나 질문할 시간이 없었다. 우리 등반대는 이미 출발했고, 나는 그저 물 한 모금 삼키고 아몬드 몇 개를 씹을 수 있을 뿐이었다. 동료들이 앞에서 묵묵히 나아가는 것을 보면서, 나는 같은 리듬을 유지하지 못하는 데 대해 죄책감을 느꼈다. 나 자신에게 화가 났다. 결국 이 모든 일이 나를 즐겁게 해주려고 계획한 것인데, 동료들이 나에게 실망할지도 몰랐다. 어쨌든 나는 힘이 허락하는 한 리듬을 유지하려고 애썼다. 티셔츠가 땀에 젖었다. 골짜기 곳곳에 쌓인 눈이 햇빛에 반사되어, 선글라스를 썼는데도 눈이 부셨다. 몸이 한층 더 무겁게 느껴지고 숨도 가빠왔다. 7월치고는 눈이 높이 쌓여 있었다. 나는 휘젓지 않고 물 흐르듯 나아갔다. 화가 나서 피켈로 눈을 후려치고 싶었다. 동료들을 따라잡고 보니, 벌써 재킷을 벗고, 추락방지용 안전벨트를 매고, 카라비너를 준비하고, 배낭을 다시 닫은 모습이었다. 그들의 눈길에서 짜증스러운 기색이 읽힐까 겁이 나, 차마 그들을 똑바로 마주 볼 수가 없었다. 고개를 숙이고 나도 가능한 한 빠르게 준비를 했다. 관자놀이에서 맥박이 쿵쿵 뛰고, 턱에 굵은 땀방울이 흘러내렸다.

"옷을 두 겹 벗으세요." 다니엘이 나에게 말했다.

"한 겹만 벗어도 충분할 것 같은데."

"아뇨, 두 겹 다 벗어야 해요." 그가 단호하게 대꾸했다.

나는 동료들처럼 티셔츠 차림이 되었다. 산꼭대기에서 불어오는 바람이 축축한 피부에 닿았다. 상쾌한 느낌이 들었지만 오래 지속되지는 않았다. 우리는 700미터 높이의 첨봉으로 끝나는 암벽 기저부에 와 있었다. 몽파르나스 탑 세 개의 높이이다. 실뱅과 장 크리스토프가 올라갈 길은 물이 흐르는 두 개의 암석 덩어리 사이에 박힌 좁은 통로이고, 그 위쪽에는 암석 조각들이 두꺼운 얼음층으로 굳어 있었다.

표면이 햇살에 노출되어 녹아내리고, 크럼블의 껍질처럼 부서지기 쉽게 변해 있었다. 아이젠을 8센티미터 박아넣으려면 끔찍이도 힘을 주어 발길질을 해야 했다.

밑에서 올려다보니, 두 사람의 몸짓이 간단하고 자연스럽게 보였다. 다니엘이 나를 자일로 자기에게 붙들어매고 앞으로 가더니, 위에서 내 안전을 확보하도록 자기가 몇 미터 기어오를 때까지 기다리라고 말했다. 그는 침착한 목소리로 나에게 아낌없는 조언을 해주었다. 나는 운에 맡기고 시도해보았다. 처음 몇 미터는 어려움 없이 올라갔다. 통로가 아직 넓고, 얼음이 너트를 매달아도 될 만큼 단단했다. 다니엘이 다시 출발했다. 그는 시간을 조금 끌면서 손발을 어디에 둘지 생각했다.

그가 생각을 멈추고 뒤를 돌아보았다.

"제가 가는 길을 정확히 따라오세요. 당신을 위해 디딜 곳을 파놓았으니까요. 그 자리에 그대로 발을 디디면 돼요. 쉬워요." 그가 입가에 손을 대 확성기 모양을 만들고 말했다.

"알았어." 내가 메마른 목소리로 대답했다.

나는 그가 남긴 흔적을 성실하게 따라갔다. 시간 여유를 가지며 내 손 밑에서 일어나는 일에만 집중했다. 불안감이 다시 고개를 들었기 때문이다. 페르세 봉 이후 불안에 면역이 생겼다고 믿었는데. 그 무엇도 산이 주는 공포에 우리를 완벽하게 대비시켜주지 못한다. 비탈이 수직이 되었다. 내가 뒤에서 출발하긴 했지만, 암벽에서 떨어지지 않으려면 다니엘의 민첩함에 한 번 더 의지해야 했다. 아이젠을 박아넣기가 점점 더 힘들어지고, 발이 옆으로 미끄러졌다. 두 손으로 암벽을 단단히 붙잡고 균형을 잡으려고 애썼다. 경련이 일어나고, 숨이 가빠왔다. 얼음층이 빈약해지고, 바위가 풍화되어 있었다. 아이젠을 박을 때마다 돌조각들이 떨어져나와 요란한 소리를 내며 내 다리 사이로 굴러 내려갔다.

"전진! 잘하고 있습니다!" 다니엘이 외쳤다.

"자꾸 미끄러져, 다니엘."

"아니요, 괜찮습니다. 뒤꿈치를 잘 디디세요."

나는 얼음으로 덮인 검은 표면을 있는 힘을 다해 후려쳤지만, 곧바로 아이젠의 뾰족한 끝부분이 바위에 부딪혔다. 이런 조건에서는 뒤꿈치를 잘 디딘다는 것이 간단치 않았다. 나는 아무렇게나 몸을 움직였고, 화가 나서 암벽을 맹목적으로 공략했다. 동작이 뒤죽박죽이었다. 50미터쯤 위에, 수직으로 갈라진 암벽의 틈을 공략하는 실뱅과 장 크리스토프의 모습이 보였다. 그들은 마치 등반하는 도형수徒刑囚들 같았다. 주위로 돌들이 굴러 떨어졌고, 나는 돌들을 피해 옆으로 비켜나야 했다. 그들은 있는 힘을 다해 나아갔다. 피켈이 공중으로 뻗어나가고 바위를 찧었다.

"좋았어!" 그들이 외쳤다.

"힘내요, 뤼도!" 불과 몇 미터 위에서 다니엘이 나에게 말했다.

나는 기진맥진한 채 도착했다. 무릎이 아팠고, 내 능력에 대한 자신감이 완전히 떨어져버렸다. 우리가 멈춰 선 작은 벼랑은 방금 내가 힘을 불태운 넓은 분지 위로 불쑥 튀어나와 있었다. 다니엘은 암벽에 등을 기댄 채, 첫 번째 산꼭대기에 오르는 다양한 길들이 표시된 지도를 살펴보고 있었다. 이 코스로 계속 가면 내가 거기에 다다르지 못할 거라는 걸 깨달은 듯, 그는 거기까지 가는 다른 길을 찾았다. 이 코스는 내게는 너무 전문적이었고, 나는 한계에 다다라 있었다.

"괜찮아요, 좀 쉬면서 호흡을 가다듬으세요." 그가 말했다.

나는 그의 말대로 호흡을 가다듬으려고, 고소공포증에 마비되지 않으려고 애썼다. 장 크리스토프와 실뱅도 나중에 다시 만나기로 하고 다니엘의 의견에 동의했다. 그들은 이 노선을 계속 따라 능선을 향해 갈 것이다.

"우리는 자일을 매고 출발 지점까지 내려가도록 하죠." 다니엘이 말했다. 그는 추락방지용 안전벨트와 자일에 연결하는 레베르소reverso[22]를 준비한 뒤, 우리의 후속 여정을 주의 깊게 살폈다. 그가 말했다. "제가 먼저 출발할게요. 뤼도빅 당신은 제가 아래에 내려앉으면 그때 출발하세요. 어제 보여드린 것처럼 하면 안전을 보장하면서 혼자 내려갈 수 있을 겁니다. 너무 빨리 가진 마시고요. 제가 어떻게 하는지 보세요. 급격한 동작을 하면 안 되고, 부드럽고 유연하게 움직여

---

22) 페츨Petzl 사社에서 만든, 자일을 이용해 하강할 때 마찰을 줄여주는 기구.

야 합니다."

장 크리스토프와 실뱅이 추락방지용 안전벨트에 앉아 암벽을 향해 다리를 뻗고 몸을 허공 위로 내밀었다. 이윽고 그들의 모습이 천천히 사라져갔다. 나는 조금 의기소침해졌다. 우리는 원점에서 다시 시작해야 한다. 지금까지 한 모든 노력이 허사가 되었다. 내가 계속해 나갈 힘을 찾을 수 있을까? 다니엘이 출발하라고 나에게 외치는 소리가 들렸다. 나는 가능한 한 침착하게 그가 보여준 대로 따라 해보려고 노력했다. 내 안전벨트에 매어놓은 카라비너들을 하나하나 제거했다. 그때마다 카라비너들이 찰그랑거리는 소리를 냈다. 여기에 도착한 이후 처음 맛보는 실패였다. 산이 내뿜는 적대감이 실감되었다. 여기서는 타협의 가능성도 협상의 여지도 없었다. 자신의 힘을 속단하는 자에게 화 있으라.

아래로 내려가자, 다니엘이 산괴를 공략하려면 접근이 더 쉬운 길로 우회해야 한다고 말했다. 나는 정오의 강렬한 햇살로 무거워진 눈 속을 휘저었다. 비탈 발치에 다다르니 왼쪽에 대피소 하나가 보였다. 나는 저기서 잠시 쉬자고 다니엘에게 요청했다. 다니엘은 망설였다. 맥주에 샌드위치 하나

먹는 시간을 머릿속으로 계산하는 것 같았다.

"좋아요, 그렇게 하죠. 하지만 잠깐 동안만입니다. 오후 5시 30분까지는 골짜기에 있는 마지막 대피소에 도착해야 돼요."

점심을 먹는 동안, 그가 나에게 오후 계획을 알려주었다. 지도 위에 표시된 점선들이 보였지만, 의혹 말고는 아무런 느낌도 들지 않았다. 나는 언뜻 볼 땐 가깝고 쉬워 보이지만 현실적인 지형을 제대로 설명해주지 않는 그 지도를 믿지 않게 되었다. 확실하게 알 수 있는 깃은 우리 앞에 우뚝 솟아 있는 저 암괴뿐이었다. 암괴의 뒷면에는 갈색 모서리들이 삐죽삐죽 튀어나와 있었다. 길고 피곤한 등반이 될 것 같았다. 첫 몇 미터를 가자마자, 나는 놀라서 입을 다물지 못했다. 자낙스 한 알을 조심스레 삼켰다. 자낙스를 이렇게 많이 먹은 적이 없었다. 나는 그 약 반 알조차 먹기를 주저했던 시절을 떠올리며 재미있어했다.

"힘들군, 다니엘. 그저께보다 더 힘들어."

"이 정도는 보통이죠. 우린 지금 요람 한가운데 있습니다. 여기는 고산이에요. 움직일 때마다 대가를 치르게 되죠. 자, 힘을 내세요. 집중해서 가다 보면 도착할 겁니다."

우리는 위험한 통로들을 연이어 지나갔다. 새로운 통로에 들어설 때마다 나는 이번이 마지막이 되길 바라며 군말 없이 앞으로 나아갔다. 더이상 생각을 하지 않았고, 나를 투사하지도 않았다. 산이 갖고 노는 무기력한 장난감이 된 것처럼, 산이 나를 자신의 무시무시한 어깨 사이로 이리저리 굴리는 것처럼, 그저 산을 겪어내기만 했다. 고소공포증이 일어나진 않았지만, 나는 녹초가 된 채 마지막 훅이 들어와 KO 당하기만 기다리는 권투 선수 같았다.

첫 번째 능선 위에서 조금 길게 휴식을 취했다. 기온이 내려갔고, 산괴에 구름들이 몰려와 있었다. 우리는 불투명한 환경에 처해 있었다. 나는 작은 물방울들을 맞으며 오한을 느꼈다. 티셔츠를 적신 땀이 얼음처럼 차가웠다. 희미한 우울감이 몰려왔다. 그 안개 벽에 빛나는 햇빛으로부터 벗어나려다 보니 정신이 마비되는 것 같았다. 청년 두 명으로 이루어진 등반대가 우리를 따라잡았다. 한 명이 다른 한 명보다 더 숙련되어 보였다. 그의 장비가 낡은 것을 보고 그것을 알았다. 우리는 초심자 쪽과 몇 마디 이야기를 나누었다.

"쉽지 않네요." 그가 나에게 말했다.

"그러네요, 특히 난 등반에 익숙하지가 않아서 더 그래요."

"어쨌든 쉽지 않아요." 그가 미소를 지으며 되풀이해 말했다.

그의 동료가 그에게 뭐라고 지시를 내렸고, 그들은 암벽들과 안개 속으로 모습을 감추었다.

등반 속도가 예상했던 것보다 빨라서, 어느새 케이블카 근처였다. 다니엘은 장 크리스토프와 실뱅이 오기를 기다리며 손가락과 다리를 풀었다. 어느새 구름 사이에서 넓고 파란 하늘이 나타났다. 우리는 더이상 그 폭신해 보이는 구름들의 죄수가 아니었고, 나는 알프스의 장엄한 풍경들을 다시 발견했다. 다니엘이 나를 조금 아래쪽으로 끌고 갔다. 일행을 기다리는 동안 훈련장으로 사용할 짧은 암벽 하나를 그곳에서 찾아낸 것이다. 지진이 일어날 때 진도가 점점 상승하는 것처럼, 등반 난이도가 1도에서 10도로 상승해갔다. 10도는 실제로는 존재하지 않는다. 그것은 이론상의 최대치이다. 세상에서 가장 위험한 암벽 코스도 9도이다. 8도 정도면 소수의 등반가들만 오를 수 있다. 다니엘이 암벽 등반을 시연하는 모습은 그곳을 지나가는 숙련된 등산가들의 시선을 끌었다. 나는 그가 반들반들한 암벽 표면에 달라붙어 파충류처럼 기어다니는 광경을 관찰했다. 그는 천천히 그리고 꾸준히 움직였다. 내 눈에는 보이지 않지만, 그는 암벽에 있는 굴곡을 이용해 암벽에 달라붙었다. 모든 움직임이 손가락 끝과 발끝에서 일어났다. 그는 마치 자기磁氣를 띤 것처럼 바위에 미끄러졌다. 그가 움직임을 멈추고 고개를 뒤로 젖히더니, 그의 눈에만 보이는 굴곡을 찾아냈다. 달리 말하면 굴곡을 창조해냈다. 그런 정도의 숙련도에서 그것은 충분히 창조라고 할 수 있다. 그의 한쪽 팔이 위쪽으로 뻗어나갔고, 두 다리가 꼭대기로 그의 몸을 밀어올리기 위해 천천히 움직였다. 그는 첫 번째 교대지점에 도착해, 나를 돌아보며 말했다.

"자일을 당기세요."

나는 '비행할' 경우에 대비해 자일이 팽팽해지도록 당겼다.

"안 되겠어요, 여긴 너무 축축해요." 그가 말했다. "다시 내려갈게요. 자일로 저를 붙잡아주세요, 오케이?"

나는 너트로 내 안전을 확보했고, 자일의 다른 쪽 끝 안전벨트에 매인 그의 몸무게를 느꼈다. 암벽등반 세계 챔피언의 목숨을 내 손에 책임진다는 것은 묘한 느낌이었다. 나는 자갈들 속에 자리잡고 있는 다니엘을 천천히 내려오게 했다.

실뱅과 장 크리스토프가 아래쪽 암벽 뒤에서 불쑥 모습을 드러냈다. 그들의 얼굴에 힘든 기색이 묻어났다. 그들이 암괴를 바라보았다. 다니엘은 옆에서 배낭 속에 장비들을 채워 넣었다.

"난이도가 얼마나 되지?" 실뱅이 물었다.

"제 생각엔 8 정도예요." 다니엘이 겸손하게 말했다. "하지만 절반 이후부터 젖어 있어서 더 올라갈 수는 없을 겁니다."

실뱅은 계속 길을 가기를 주저했다. 하지만 다니엘이 반 시간 뒤 마지막 대피소가 나오며, 얼어붙은 길목에서 야영하고 싶지 않으면 시간을 끌어서는 안 된다고 그를 독려했다. 대피소에 거의 도착했을 때, 한 건물 정면에 매달려 보수 작업을 하는 일꾼들을 마주쳤다. 그들 중 젊고 예쁜 여자 하나가 밧줄에 매달린 채 우리에게 큰 소리로 말을 걸었다. 마치 남자 같은 말투였다. 목소리가 허스키했고, 표현도 상스럽고 거칠었다.

"저런, 저 남자들 길을 잃었네!" 그녀가 고함치듯 말했다.

"아직 5분은 더 가야 해요. 당신들 통로에서 잠들어 불알이 얼어붙을 수도 있었다고. 파리에서 온 머저리들인가 봐!".

그녀는 우리를 '멍청한 사람들' 취급했고, 우리의 얼굴을 보며 웃음을 터뜨렸다. 우리는 황급히 지나갔다.

오늘은 쉬는 날이다. 목요일인 내일, 우리는 몽블랑 등반에 착수할 것이다. 나는 다니엘과 함께 등반을 위한 기초적인 사항들을 정리했다. 최근 며칠 동안 내가 배운 것들을 그가 총정리해 주었다. 이제야 알게 되었지만, 기본적인 동작 몇 가지를 집중해서 침착하게 실행하는 것이 관건이었다. 다니엘은 '규율'이라는 단어를 되도록 피했지만, 우리 팀의 성공은 등반이 요구하는 규율들을 내가 얼마나 잘 지키느냐에 달려 있었다. 그러나 나는 실뱅과 장 크리스토프의 움직임을 보며 편안한 느낌을 받는 반면, 다니엘이 하는 말들을 납득하는 데는 가끔씩 어려움을 느꼈다. 나는 이 사실을 유머를 조금 섞어 다니엘에게 주지시켰다.

"그분들이야 다르죠." 다니엘이 무뚝뚝하게 대꾸했다.
"그분들은 산을 잘 알아요. 겉만 보고 판단하지 마세요. 그
분들은 훌륭한 등산가예요. 불필요한 위험을 무릅쓰지 않고,
자신의 한계와 위험을 잘 알아요. 하지만 당신은 아닙니다.
그러니까 경계를 게을리하지 마세요."

우리는 배낭을 채웠다. 다니엘은 내가 가져가려는 옷 한
벌, 물건 하나까지 일일이 확인했다. 빠뜨리는 물건이 하나
라도 있어서는 안 되었지만, 그렇다고 짐이 너무 많아도 안
되었다. 나는 아래의 것들을 가져갔다.

스패츠

바람막이 바지

고어텍스 이중직 바지

플리스 스웨터

마이크로파이버 소재 러닝셔츠

양말 두 켤레(두꺼운 것과 얇은 것)

팬티 두 장

헌팅캡

추락방지용 안전벨트

아이젠

장갑 두 켤레(두꺼운 것과 얇은 것)

암벽화

피켈

헤드 랜턴

헬멧

빙하용 고글

플리스 목도리

K-Way 재킷

플리스 이중직 재킷

수통

카라비너

에너지 바+아몬드

선블록 크림+립밤

담배 한 갑+라이터

자낙스+스틸녹스+돌리프란

아이폰+이어폰+현금카드+50유로

다니엘이 배낭을 잠근 뒤 무게를 가늠해보고는, 자기확보줄과 끈들을 잡아당겼다. 그러고는 입문 의식이라도 치르듯 자기 배낭을 들어보라며 나에게 건네주었다.

"자네 것이 내 것보다 더 무겁군." 내가 순진하게 말했다.

다니엘은 빙긋이 웃고는, 자기가 보충 장비들을 가지고 가야 해서 그렇다고 대답했다. 구급상자, 여분용 수통, 카라비너들, 고정장치들, 칼, 50미터짜리 자일 두 개, 구운 소시지와 햄.

나는 장 크리스토프의 산상 안을 서성이고, 생석회를 뿌린 듯한 몽블랑의 비탈들을 쌍안경으로 관찰했다. 구테 대피소의 둥근 알루미늄 지붕이 햇빛을 받아 반짝였다. 모든 것이 위풍당당해 보였다. 몽블랑 정상과 맞선다는 초조감이 내 안에서 스멀스멀 올라왔다. 나는 반바지와 티셔츠를 입고 나이키 페가수스를 신은 뒤 밖으로 나가, 마을로 내려가는 작은 길을 천천히 달렸다. 처음 몇 발자국을 뛰고 나니, 심장박동이 느껴지면서 긴장이 희석되었다. 속도를 빨리해보았다. 비탈길이 마음에 들었다. 심장이 빨리 뛰니, 강박적 생각들의 매개물인 아드레날린 분출이 중화되었다. 술 때문인지 땀이 많이 났지만, 얼굴과 상체에 땀이 흘러내리는 느낌이 좋았다. 뭔가가 배설되는 기분이었다. 다른 한편으로는, 덕분에 계량기가 다시 원점으로 돌아갔다.

나는 달착지근한 송진 냄새를 맡으며 전나무 그늘로 달려갔다. 주위의 모든 것이 잘 보였다. 시야를 벗어나는 것이 아무것도 없었다. 어슴푸레한 빛에 잠긴 수풀의 아주 작은 움직임마저도 포착할 수 있었다. 이윽고 길 위에 햇살이 가득 내리쬐었고, 아스팔트가 불판처럼 열기를 내뿜었다. 나는 보조를 늦추었다. 가슴속에서 심장이 격하게 고동쳤다. 내일 경험하게 될 일과 비견할 것은 아무것도 없을 거라는 생각이 들었다. 그래서 내 호흡과 꿈이 버텨주는 한 그것에 매달렸다. 나무로 된 급수대 앞에서 걸음을 멈췄다. 옆에서 암소 몇 마리가 되새김질을 하고 있었다. 나는 급수대에 두 손을 담그고 뜨거운 이마를 식혔다. 얼굴에 물이 흘러내렸고, 입안에서 흙과 건초 맛이 났다. 지금 상태에서 혹 세균 감염까지 된다면 그야말로 가관일 것이다. 급수대에서 멀어져, 건장한 남자 두 명이 웃통을 벗어붙인 채 망가진 소형 트럭에서 시멘트 포대들을 내리고 있는 어느 농장 앞을 지나갔다. 그들이 빈정거리는 표정으로 나를 응시했다. 그들은 빨간 야구모자를 쓰고 형광주황색 운동화를 신은, 파리에서 온 얼간이를 보고 있었다. 작열하는 태양 속에서 열심히 일하는 그들을 보니, 나 자신이 조금 우스꽝스럽게 느껴졌다. 나는 속도를 높여 오솔길을 통해 농장을 우회했다. 그 오솔길을 계속 따라가니 마을 교회가 나왔다. 교회 안에 들어가고 싶었지만, 문이 잠겨 있었다. 교회 앞 예수 수난상 앞에서 성호를 그으며 내일 나를 도와달라고 신께 기도 드렸다. 이따금 신께서 내 이야기를 들으시는 듯한 느낌도 들지만, 내가 바라는 대로 된 적은 한 번도 없다. 신과 몽블랑은 나에게는 뚫고 들어갈 수 없는 두 가지 신성神性과도 같다. 그들에게 기도하다 보면 신경이 쇠약해진다. 그냥 섭리에 맡기는 편이 낫다. 하지만 이런 생각을 다니엘에게 설명하는 내 모습은 감히 그려보지 못한다. 아마도 그는 나를 바보 취급할 테니까. 내가 달리기를 하는 동안 태양이 정점에 다다랐다. 나는 어느 돌집 문가에 꼼짝 않고 선 한 노파 말고는 아무도 마주치지 않았다. 노파의 얼굴은 페르세 봉의 석회암처럼 누런 갈색이었다.

  산장으로 다시 올라가기로 결심했다. 도중에 자유롭게 돌아다니는 암송아지 세 마리와 맞닥뜨렸다. 송아지들은 길을 가로막은 채 높고 긴 울음소리를 뱉어냈다. 나는 통행권을 놓고 협상을 시도했지만, 내 말은 전혀 먹히지 않았다. 그 자리에 계속 버티고 있을 셈인지 송아지들은 더 큰 소리로 울어댔다. 위험해 보이지는 않았지만, 또 모르는 일이었다. 도랑을 뛰어넘고, 고사리와 쐐기풀이 자라난 숲을 가로질러 가는 편이 더 나았다. 풀이 스쳐서 장딴지가 따가웠다. 숨을 헐떡이며 다시 길로 접어들었다. 길의 경사가 급했지만, 나는 최근의 방종에 대해 스스로 벌이라도 주려는 듯 속도를 높였다. 질식하지 않으려고 숨을 깊이 들이쉬었다.

산장에서는 아무도 내가 밖에 나간 것을 눈치 채지 못하고 있었다. 실뱅은 노트북 컴퓨터에 뭔가 기록하고 있고, 장 크리스토프는 테라스의 탁자 앞에 앉아 수첩에 뭔가를 메모하고 있었다. 그의 앞에는 맥주 한 잔과 담배꽁초 하나가 놓인 재떨이가 있었다.

"얄궂게도 자네 때문에 담배를 끊을 수가 없어. 한 개비 줄까?"

"글쎄요, 방금 조깅을 하고 왔어요."

"그래도 나 혼자 피우도록 내버려둘 셈은 아니지? 앉아서 맥주 한 잔 해."

나는 그렇게 했다. 맥주 첫 모금이 목구멍을 통해 내려가니 좀 살 것 같았다. 그가 나에게 담뱃갑을 내밀었다. 나는 담배연기를 한 모금 삼켰다. 행복했다.

"제기랄, 중독이란 좋은 거네요."

현기증이 일었고, 나는 의자 등받이에 몸을 기댔다. 해를 마주한 채 눈을 감고 몸을 뒤로 움직였다. 시야에 주황색 스크린이 펼쳐지고, 노란색과 녹색 소용돌이들이 일렁였다.

"이봐, 잠들지 말게! 쌍안경으로 이탈리아인의 능선을 좀 봐. 거기에 등반대가 있어." 장 크리스토프가 담배를 빨면서 말했다.

능선의 눈 쌓인 하얀 부분 위에 검은 송충이 같은 것이 꿈틀거리는 모습이 보였다. 그 양쪽 옆에는, 등산가들이 말하는 '가스'가 있었다. 가스란 깊이가 1000미터쯤 되는 커다란 공동空洞이다. 그들은 마치 벙어리장갑을 낀 곡예사 같다. 하지만 여기서 보니 그들의 모험이 하찮게 보였다. 뭐 하러 그런 위험을 무릅쓴단 말인가? 쌍안경을 내려놓은 나는 의기소침해졌다. 당장 파리로 돌아가 내 아파트 깊숙이 숨고 싶었다. 이 모든 쓸데없는 짓을 끝내버리고 싶었다.

"왜 이탈리아인의 능선으로 갈 수 없는지 이제 이해가 되지. 그건 자네 수준에서는 미친 짓이야. 가끔씩 실뱅은 그걸 이해 못하지만." 장 크리스토프가 말했다.

나는 맥주를 한 모금 더 마시고, 담배도 한 개비 더 꺼내 불을 붙였다. 바닥이 흔들리는 것 같았다. 하지만 힘을 한껏 끌어모아 빵 한 조각을 올리브유에 적셔 삼켰다.

"뭐 하나만 물어도 될까요, 장 크리스토프?"

"저런, 저런! 자네 무슨 일이라도 있나? 자네도 알겠지만 난 내 처방전 수첩을 잃어버렸는데."

"왜 이 일을 하세요? 제 말은, 우리와 함께 몽블랑에 오르는 것 말입니다. 이미 스무 번은 오르셨잖아요."

그가 고개를 돌리더니, 쌍안경을 집어들었다가 다시 내려놓았다.

"저 빛 같은 것이 뭐지? 내가 안경을 어디에 뒀지?"

나도 주위를 둘러보았다.

"제가 거기까지 올라갈 수 있을 거라 생각하세요?"

장 크리스토프의 얼굴이 진지해지더니, 한동안 조용히 몽블랑을 응시했다.

"우리 넷이서 즐거운 한 주를 보낸 것은 사실이잖나. 그리고 신체적 준비라면 더 좋은 방법들도 있어. 하지만, 그래, 자네는 거기까지 올라갈 수 있을 거야. 좋은 흉곽을 갖고 있으니까. 우리의 신체기관이 높은 고도에서 어떻게 반응하는

지는 나중에도 절대 자세히 알 수 없을 걸세. 그건 '빅 퀘스천big question'으로 남아 있어."

"좋은 흉곽이라는 게 무슨 뜻입니까?"

"심장 기능이 좋다는 거지. 자네의 심장은 힘든 것을 잘 버텨내고 있어. 그래서 최근 몇 달 동안 자네가 조깅을 많이 해야 했던 거야. 담배를 피우고 술을 많이 마셔도 말이야. 사실 그런 건 전혀 상관없지."

"당신은 괴짜 의사예요."

"흠, 난 실뱅을 보면 내 십 서실에 정신이상자가 와 있는 기분이 들어. 하독 선장[23]의 헌팅캡을 쓰고 시가를 문 그 친구를 보게나. 도대체 그게 뭔지."

"사실 곤조 박사에 더 가깝죠.《라스베이거스의 공포와 혐오》[24] 읽으셨어요?"

"어찌 됐든 말일세. 다시 담배를 피우기 시작한 건 어리석은 짓이야. 자네 때문에 짜증이 나네."

---

23) 벨기에 만화《탱탱의 모험》에 나오는 등장인물.
24) Fear and Loathing in Las Vegas, 헌터 S. 톰슨Hunter S. Thompson이 1972년에 발표한 소설. 늘 담배를 입에 물고 다니는 주인공이 친구와 함께 마약을 하며 라스베이거스를 누비고 다니는 이야기가 담겨 있다.

"당신에게 도움이 되려고, 당신이 죄의식을 느끼지 않게 하려고 그랬던 겁니다. 그리고 분명히 말씀드리는데, 담배는 당신이 저보다 더 많이 피우잖아요."

"그건 내 키가 더 크기 때문이네. 키가 크니까 폐도 더 크다고. 순전히 생리학적인 문제야."

"아, 그래요! 잘 알겠습니다. 어쨌든 건강이 좋아 보이시네요."

"그걸 말이라고 하나. 난 마음대로 할 수 있는 일이 아무것도 없어. 비참한 일이지. 난 자네들 나이가 아니네."

"저는 몽블랑에 오르는 것이 걱정입니다. 끝까지 올라갈 수 있을지 모르겠어요."

"며칠 지나면 나아질 걸세. 자네가 월요일에 돌아가는 건 유감스러운 일이야. 일주일은 너무 짧거든. 산에서 기운을 회복하려면 이주일은 필요하네. 나를 보게나, 자네의 어리석은 짓들 때문에 기관지염에 걸렸어."

장 크리스토프가 껄껄 웃음을 터뜨렸다. 나는 마음이 완전히 놓이지는 않았지만 발밑이 덜 흔들리는 기분이었다. 그도 컨디션이 완전히 좋은 상태는 아니라는 걸 알고 나니 덜 외롭게 느껴졌다. 이 원정에서 평소의 축제 같은 리듬을 유지하고 있는 사람은 다니엘과 실뱅뿐이었다. 산에서 서로를 알아가다 보면 우정, 더 나아가 흘러넘치는 기쁨까지도 나누게 되는 것이다.

그날 오후는 루아얄 길의 다양한 여정들에 관해 이야기하며 보냈다. 나는 그 길과 제목이 똑같은 앙드레 말로의 소설을 생각했다. 고백건대, 나는 그 소설을 읽지 않았다. 말로는 빛나는 작가이고 위대한 견자見者지만, 그의 소설들도 그렇다고 생각하지는 않는다. 그가 가장 큰 영감을 발휘한 저서는 열렬하고 격앙된 문체로 쓴 《반反회고록Antimémoires》이다. 예술가로서 그의 행동은 그의 사상과 정확히 일치하는 분야에 대한 참여로 연장되었고, 생각은 행동으로, 신체의 과열로 연장되었다. 내 책상 위에 있는 유일한 사진 한 장이 생각났다. 앙드레 말로에게서 훈장을 받는 내 할아버지의 모습이 찍힌 사진이다. 그러니까 그 수수께끼 같은 사진이 높은 산의 무자비한 위용에 도전하도록 나를 여기까지 인도한 것이다.

저녁 6시쯤 실뱅, 다니엘 그리고 장 크리스토프가 아페리티프를 준비했고, 우리는 테라스에서 그것을 마셨다. 남아 있던 맥주캔들이 빠르게 비어갔다. 초저녁 날씨는 축축했고, 골짜기에서는 불쾌한 기운이 풍겨왔다. 그 기운은 피부에 께

름칙하게 들러붙었고, 그 기운으로부터 벗어날 수만 있다면 무엇이든 할 것 같았다. 실뱅은 가만히 있지 못하고 끊임없이 몸을 움직였다. 말벌처럼 테이블 주위를 맴돌았다. 나는 생 제르베로 저녁거리를 사러 가자고 제안했다.

"그래요, 당신의 등반을 축하하는 샴페인을 사야겠어요, 뤼도빅!" 실뱅이 대답했다.

"오늘밤엔 몽블랑을 위해 축연을 열어야지. 그래야 혹시 우리가 그 정상에 도달하지 못해도, 우리의 원정을 위해 축배를 들 수 있을 거야."

"그만하세요, 그러다 우리 모두에게 불운한 일이 생기겠어요." 다니엘이 말했다.

다니엘이 진지한 태도로 이 말을 한 건지 어떤지 알 수가 없었다. 다니엘은 목에 행운의 상징을 걸거나 산으로 출발하기 전 행운의 부적에 입을 맞출 사람은 정말 아니었기 때문이다.

"자네는 장난으로 한 말인지 모르지만, 정말로 우리에게 심각한 일이 일어날 수도 있어." 장 크리스토프가 말했다. "자네들 오늘 아침 샤모니 신문 읽어봤나?"

"신문을 펼쳐보지 않은 지 일주일 됐어요." 내가 대답했다. "나쁜 소식들과 연결되는 다리를 끊어버리면 금방 익숙해지거든요."

"어제 저 위에서 산악 경비대원 세 명이 죽었어. 눈사태에 휩쓸렸대. 무슨 일인지 이해가 되나? 그 청년들은 풋내기가 아니었어. 고산 경비대에서 동료들과 함께 등반 훈련을 받은 청년들이라고."

다니엘이 말없이 고개를 끄덕여 장 크리스토프의 말을 진지하게 시인했다. 고산등반 안내인들에게 산악사고는 단지 신문에 실린 기사 제목에 그치는 것이 아니라, 내면의 비극이었다. 실뱅도 침묵을 지켰다. 그는 열일곱 살 때 등반을 하다가 가장 친한 친구를 눈앞에서 잃은 경험이 있다. 그리고 장 크리스토프로 말하면, 의사로서 아프리카에서 인도주의적 임무들을 많이 수행했으니, 수많은 비극들을 목도하지 않았겠는가? 그런데 그 경비대원들은 누구일까? 알 수 있는 것은 그들의 나이뿐이었다. 아직 서른 살도 되지 않았다고 한다. 꿈의 한 부분을 찾기 위해 전 세계에서 오는 여행자들의 안전을 지키려다가 그런 희생을 치른 것이다.

실뱅이 버들고리 바구니 두 개에 샴페인, 그뤼예르 치즈,

브리 치즈, 달걀, 토마토, 래디시, 소시지, 파스타 샐러드를 채웠다. 자동차가 전속력으로 어둠 속을 거슬러 올라갔고, 나는 건강을 위해 잠자리에 드는 대신 축제의 부름에 한 번 더 굴복하는 것에 조금 죄의식을 느꼈다. 하지만 건강관리에 그렇게까지 강박을 가질 이유가 뭐란 말인가? 나는 신경 쓰지 않을 것이다. 아무튼 좀 더 두고 볼 일이다.

새벽 2시에야 침실로 기어갈 수 있었다. 목구멍이 불타는 것 같고, 뱃속은 엉망진창이었다. 반시간 뒤, 나는 침대에서 일어나 화장실에 가서 조심스럽게 토했다. 쓸데없는 조심이었다. 동료들은 아래층에서 목청껏 노래를 부르고 있었으니까. 그들이 무엇을 하는지는 몰라도 그 노랫소리는 끔찍했다. 하모니카 소리 같은 멜로디도 들려왔는데, 아무렇게나 노래하는 그들의 목소리에 덮이는 일이 다반사였다. 나는 내 배낭을 뒤져 수면제 스틸녹스를 찾았다. 하지만 찾지 못해서 방 안을 온통 뒤집었는데, 그것이 침대 옆 테이블 위에 놓여 있는 것을 봤을 때는 울고 싶었다. 두 알을 먹었다. 쓰러질까 겁이 나 방 안을 기어 창문까지 가서, 차가운 유리창에 이마를 기댔다.

악몽으로 가득한 잠이 마침내 나를 휩쓸어갔다. 꿈속에서 나는 시골의 정원에 있었다. 조용한 오후였다. 나는 긴 의자에 누워 하늘을 쳐다보고 있었는데, 갑자기 전투기 편대가 하늘을 가로질러 날아갔다. 나는 그것들이 멀어져가는 모습을 보려고 몸을 일으켰고, 그것들이 위풍당당하고 위협적인 전투비행중대의 정찰대라는 것을 알아차렸다. 이윽고 지평선이 매우 낮은 고도로 나는 거대한 폭격기들로 뒤덮였다. 그것들은 초고속 미라주 전폭기들의 호위를 받으며 끊임없이 밀려들었다. 그 수와 소음이 어마어마했다. 나는 풀밭에 발을 디딘 채, 임박한 절멸을 경험했다. 땀에 흠뻑 젖은 채 잠에서 깨어나니 새벽 4시였다. 빌어먹을 수면제 같으니, 좀더 오래 잠들게 해주지 않고.

나는 어둠 속에서 아래층으로 내려가 테라스로 나갔다. 신선한 밤공기가 내 근심을 조금 가라앉혀주었다. 나는 테두리 돌 위에 앉아 몸을 떨었고, 이윽고 반쯤 잠든 상태로 나무 바닥에 길게 누워 하늘을 올려다보았다. 감탄스러울 정도로 투명한 하늘에, 창세기에 쓰여 있는 것처럼 수없이 많은 '별들'이 반짝였다. 그것이 일종의 섬망증이었음을 다음날 깨달았다. 나는 별똥별의 이동을 살피며 어둠을 유심히 탐색했다.

냉기에 몸이 곱아갈수록, 별똥별의 출현을 기다리는 데 더욱 집착했다. 나의 안녕을 확신했다. 나의 안녕은 하늘에 기록된, 하늘이 보낸 그 신호로부터 올 것이다. 부엉이의 음산한 울음소리가 침묵을 갈랐다. 몇 분 동안 까무룩 잠이 들었고, 빛나는 점 하나가 지나가는 모습을 보았다. 다시 정신을 차렸을 때는, 내가 상상을 한 건지 아니면 정말로 내 별을 본 건지 알 수가 없었다. 나는 소원을 빌었다. 마침내 진정되었고, 모든 것을 시작할 용기가 생겼다. 마음의 준비가 되었다.

잠에서 깨어났을 때, 나는 체념하고 모든 것을 받아들이기로 한 사람처럼 이상하게 마음이 차분했다. 장 크리스토프는 샤워를 했고, 다른 두 사람은 분주히 움직였다. 거실이 희미한 새벽빛에 물들어 있었다. 나는 티셔츠와 사각 팬티 차림으로 테라스의 문을 통해 밖을 내다보았다. 오른쪽에 진한 초록색의 전나무 숲이 있었고, 왼쪽에는 햇빛을 받아 형광색으로 빛나는 콩타민 골짜기가 있었다. 급수대 옆 풀밭 속에서 뭔가가 움직였다. 잠시 후 조그만 귀 두 개가 나타나더니, 겁에 질린 토끼의 얼굴이 보였다. 토끼는 깡충깡충 뛰다가 귀를 납작하게 붙이고 뒷발로 서서 사방으로 고개를 돌렸다. 나는 그 모습에 매혹되었다. 그 작은 야생동물이 밤 동안 내 눈앞에 어른거리던 혼란스러운 영상들을 쫓아주었다.

나는 동료들을 기다리지 않고 빵조각을 크게 잘라 야생 나무딸기 잼을 발라 먹었다. 다니엘이 내 옆에 와서 앉았다. 그는 벌써 등산복 차림이었고, 얼굴에 그 어떤 동요의 빛도 보이지 않았다.

그가 말했다. "잘하고 계시네요. 잘 먹어두는 게 좋아요. 앞으로 이틀간의 여정을 위해 영양분을 비축해둬야 해요. 물 마시는 것도 잊지 마시고요. 빼먹은 물건 없는 것 확실하죠?"

"없어, 함께 확인했잖아."

"중요한 것 하나가 빠졌어요. 쓰레기봉투요. 산에는 아무것도 버리면 안 돼요. 갖고 올라간 것들을 그대로 갖고 내려와야 합니다. 담배하고 시가 꽁초까지 포함해서요. 그것이 모든 등산가들이 지켜야 할 원칙이에요."

9시 30분. 우리는 생 제르베 역에서 출발하는 궤도열차 안에 자리를 잡았고, 시속 30킬로미터로 니 데글 고개까지 올라갔다. 나무로 된 객차들이 커브를 돌 때마다 삐걱거리는 소리를 냈다. 속도가 너무 느려서 열차에서 내려 옆에서 걸어가도 될 듯한 기분이었다. 기차역 게시판에 이 열차가 1954년부터 운행을 시작했다고 적혀 있었는데, 그때 이후 달라진 것이 아무것도 없는 것 같았다. 열차 안에는 산보객과 관광객들이 많았다. 드문드문 있는, 안내인을 동반한 등산객들은 집중한 표정으로 서로를 알아보았다. 몇 년 전부터 몽블랑 등반이 더욱 엄격히 관리되고 있다. 6월 이후 벌써 등산객 열 명이 세상을 떠났다. 10시 30분에 열차가 종점에 도착했고, 우리는 1590미터 고도에 있었다. 풀이 낮게 자란 목장들이 있고, 스코틀랜드 산 트위드 천 같은 질감의 지의류에 덮인 바위들이 군데군데 솟아 있었다. 우리는 지체하지 않고 자갈투성이의 길로 나섰다. 실뱅과 장 크리스토프가 50미터 앞에서 걸었다.

"비오나세 빙하glacier de Bionnassay를 찾아갈 거예요. 그런 다음 테트 루스 대피소refuge de Tête Rousse로 올라갈 겁니다." 다니엘이 말했다.

그가 하얀 설원을 가로지른 흔적을 손가락으로 가리키며 나에게 지도를 내밀었다.

우리는 아이젠을 차고 빙하 가장자리를 나아갔다. 안개가 짙게 끼어 주변이 잘 보이지 않았다. 작은 얼음 알갱이들이 안개 속에 흩날렸다. 기온이 절반이나 곤두박질쳤다. 영상 8도가 넘지 않는 것 같았다. 안개 때문에 빙하 위의 멋진 장관을 볼 수 없어서 조금 실망스러웠다. 아이젠을 차고 걸어가는 것은 까다로운 일이었다. 내가 사용하는 장비들은 모두 나에게 알맞게 준비되었지만, 등산화는 실뱅 것이어서 내게 조금 컸기 때문에, 발목을 잘 받쳐주도록 끈을 한껏 조여야 했다. 두꺼운 양모 양말을 두 켤레나 신었는데도 설 때 뒤꿈치가 자꾸 들려서, 마찰 때문에 상처가 생길까 염려되었다. 아직 다니엘에게 말하지는 않았지만, 벌써 왼쪽 뒤꿈치에 화끈거림이 느껴졌다. 아이젠을 차고 나니, 아픈 부위에 가해지는 압력이 더 커졌다. 하지만 그런 이야기를 하고 싶지 않았고, 바보처럼 통증이 저절로 없어지기만을 바랐다.

안개막이 끼어서, 우리는 눈이 잿빛으로 반사되는 음산한 풍경 속을 나아갔다. 그러다 갑자기 가장자리 밖으로 나섰고, 비오나세 첨봉 아래 펼쳐진 장엄한 전경全景을 발견했다. 실뱅과 장 크리스토프가 걸음을 멈추었다. 한눈에 보기에도 그 두 사람은 이 코스에 대해 의견이 일치하지 않는 것 같았다. 다니엘이 나에게 앉으라고, 이왕 이렇게 된 김에 물도 마시고 K-Way 재킷도 잠시 벗으라고 했다. 오솔길을 떠나온 이후 지금까지 아무도 마주치지 않았고, 사람의 흔적이 전혀 없는 이 골짜기에 우리끼리 고립된 듯한 이상한 느낌이 들었다.

"자." 다니엘이 나에게 말했다. "우린 일반적인 길로 가지 않을 겁니다. 실뱅 말이, 우리 앞에 있는 이 협곡을 통과해서 가면 여정이 단축될 거래요. 나중에 테트 루스로 가는 길과 만날 거랍니다."

실뱅은 새로운 코스를 즉흥적으로 만들어낸 것이 무척이나 기쁜 표정이었다.

"두고 보세요, 쉬워요." 실뱅이 나에게 말했다. "그렇게 가면 시간을 벌 거예요. 대피소가 바로 뒤에 있습니다."

벌써 정오가 가까웠고, 해가 수직으로 내리쬐었다. 공중에 화로가 매달려 있는 것처럼 햇볕이 따갑게 내리쬐었다. 우리는 다시 길을 나섰고, 실뱅이 선두에서 갔다. 다니엘이 자일로 내 몸을 자기와 묶었다. 계속 빙하 위를 가야 했고, 크레바스 속으로 추락할 위험이 컸기 때문이다. 지난 주말에 눈이 내려서 암벽이 눈에 두껍게 덮였지만, 기온이 오른 탓에 많이 녹아 있었다. 겉으로 평온해 보이는 것은 빙하의 속임수였다. 등산객들을 함정에 빠뜨리고, 유해 안치소처럼 차가운 뱃속으로 삼켜버리는 무시무시한 수법이었다. 크레바스들은 깊이가 수십 미터였고, 구조대원들도 접근할 수 없었다. 빙하는 수십 년 된 시신들을 주기적으로 뱉어냈다. 다니엘은 신중하게 나아갔다. X선이라도 나오는 듯한 눈길로 빙하의 음울한 표면을 찬찬히 훑었다. 빙하의 다른 쪽 기슭에 도달하는 가장 간단한 방법은 똑바로 가는 것일 텐데, 때때로 그는 뚜렷한 이유도 없이 방향을 바꾸고 길을 우회했다. 우리는 충분히 긴 5미터 거리로 자일에 묶여 있었다. 빙하 위를 걸을 때는 그 정도 간격은 유지해야 한다고 다니엘이 나에게 설명해주었다. 혹시라도 추락할 경우, 자일이 길어야 동반자가 끌려가지 않도록 충분한 시간 여유를 줄 수 있기 때문이다.

빙하를 건넌 뒤, 우리는 첫 번째 산봉우리 발치에서 걸음을 멈추었다. 아이젠을 차고 마지막 빙설을 수십 미터 올라간 다음, 아이젠을 제거하고 마른 땅을 걸어갈 것이다. 암벽을 향해 두 시간 반 동안 행군하고 나니 꽤나 피곤했다. 햇볕에 얼굴이 타는 듯했고, 등산화 속 발은 점점 더 아파왔다. 나는 통증과 피로에 대한 생각을 내 의식의 크레바스 속에 묻으려 했다.

"올라갈 때 몸이 지나치게 앞으로 기울지 않도록 피켈을 지지대처럼 사용하세요." 내가 피곤해하는 것을 눈치 채고 다니엘이 말했다.

근사한 지름길이라고 생각했던 곳에 사실은 덫이 놓여 있음이 곧 밝혀졌다. 우리는 잡석으로 이루어진 돌 더미 위를 나아갔다. 다니엘이 나에게 최대한 조심하라고 말했다. 내 몸에 묶었던 자일을 풀고, 이런 적대적인 환경에서 어떻게 행동해야 하는지 설명해주었다. 우리가 디디는 한 걸음 한 걸음이 돌사태를 일으켜 다른 자갈들을 몰아가고 굴러 떨어지게 만들 위험이 있었다. 지면이 불안정하고 꺼지기 일보직전인 것이 신발창 밑에 뚜렷이 느껴졌다. 바위들은 서로 부딪쳐 오래된 기계의 물림장치처럼 시끄러운 소리를 냈다. 그 거칠고 떠들썩한 소리가 골짜기에 메아리치며 걱정스럽게 울려 퍼졌다. 이 까다로운 등반에 집중하느라 신경이 송곳에 뚫리는 것 같아서 10분마다 한 번씩 쉬어야 했다. 실뱅에게,

그가 이 지름길을 제안한 것에 화가 났다. 다니엘도 좋은 선택이 아니었음을 인정했다. 그러나 길을 되짚어 가기에는 지나치게 많이 와 있었다. 선택의 여지가 없었다, 계속 가야 했다. 갑자기 비명 소리가 들렸다. "돌이 떨어져요!" 자갈 한 무더기가 말벌처럼 기세 좋게 우리 쪽으로 쏟아져 내렸다. 다니엘이 즉시 나를 암벽 밑으로 끌어당겼다. 화강암 유탄들이 암벽에 부딪혀 부서졌다. 돌들은 우리의 눈앞에서 전속력으로 떨어져 내렸다. 이번에는 다니엘이 외쳤다. "돌이 떨어져요!" 위험 상황이 한 고비 지나가자, 나는 다니엘에게 우리가 맨 뒤인데 왜 돌이 떨어진다고 한 번 더 외쳤느냐고 물었다. 그러자 그는 내 질문을 이해하지 못하는 표정으로 대답했다.

"저 아래에 다른 등산객들이 있을 거예요. 다른 등산객들에게 위험 상황을 알려주는 건 산에서 지켜야 할 기본 원칙입니다."

"자네 말이 옳아. 하지만 난 여기에 우리뿐이라고 생각했거든. 그래서 물어본 거야."

내 눈길이 길에 박혀 있는, 온통 찌부러진 낡은 미국산 맥주캔 위에 멈추었다. 그 모습을 보니 마음이 서글퍼졌고, 세상에 끊임없이 일어나는 편협한 사건들에 맞서 내면을 들여다보라고 권한 성 아우구스티누스가 생각났다. 그는 스스로를 알려고 노력하기보다 넓은 공간을 정복하는 데 더 몰두하는 세태를 개탄했다.

오후 2시경, 우리는 테트 루스 대피소에 도착했다. 시멘트로 벽을 바르고 거무스름한 판자들을 덮어놓은 보잘것없는 건물이었다. 1층에 있는 간이식당이 점심을 먹으려고 떼로 몰려온 등산객들을 맞아들이고 있었다. 식당의 서비스는 괜찮은 편이었지만, 그뿐이었다. 샌드위치가 코스미크 대피소보다 별반 나아 보이지 않았다. 우리는 초콜릿 바와 땅콩 정도만 구입했다. 대피소에는 나무로 된 널찍한 테라스가 있었고, 실뱅과 장 크리스토프는 테라스 난간에 등을 기대고 바닥에 앉았다. 그들이 배낭에서 지난 일주일 동안 우리가 주로 먹어온 빵, 소시지, 육포, 아몬드, 가열 경질 치즈, 비스킷을 꺼냈다. 나는 어이없는 코스로 우리를 끌고 온 실뱅에게 계속 화가 난 채 그들 옆에 주저앉았다. 쓸데없이 힘을 낭비한 기분이었다. 내 나이에 삐쳐서 뿌루퉁해 있는 것은 볼썽

사나운 일이지만, 피로와 긴장 때문인지 아이처럼 예민해졌다. 나는 나쁜 기분을 쫓아내려고 눈을 감았다. 누군가의 손이 어깨 위에 얹혔다. 눈을 뜨니 실뱅이 입가에 미소를 띤 얼굴로 나에게 말했다.

"제가 깜짝 놀랄 물건을 가져왔어요. 보고 싶으세요?"

그는 점퍼 안주머니에서 봉투 하나를 꺼내더니, 그 안에 코카인이라도 든 양 은밀한 태도로 봉투를 열었다. 거기에는 영어 라벨이 붙은 노란색과 빨간색으로 된 통이 들어 있었다. 그의 미소가 더욱 커졌다.

"땅콩버터예요." 그가 말했다. "좋아하는 것을 즐기자고요. 맛있는 샌드위치를 만들어드릴게요. 힘이 불끈 솟을 겁니다."

장 크리스토프가 우리를 보더니 한마디 했다.

"땅콩버터? 실뱅이 땅콩버터를 가져왔어? 저 친구들 어린애들처럼 땅콩버터 샌드위치를 먹을 셈이군."

"당신도 이걸 무척 좋아한다는 거 알아요." 실뱅이 장 크리스토프에게 대꾸했다. "게다가 이제 미국 담배도 다시 피웠으니, 쾌락을 더 누려도 상관없죠. 토크빌25)과 헤밍웨이에게 특별한 경의를 바치자고요!"

"불쌍한 토크빌." 장 크리스토프가 중얼거렸다. "좋아, 내가 제대로 이해한 거라면, 다음에는 내 줄넘기 줄을 가져올게."

다니엘이 다가와 실뱅의 어깨에 한쪽 팔을 두르며 말했다.

"그러지 말고 저기 있는 예쁜 폴란드인 여성분들과 '앵-되-트루아 솔레유[26]'를 하면 어떨까요."

"부코스키[27]에게 경의를 바치면서 말이지." 장 크리스토프가 말했다. "실뱅이 가서 그 여자들에게 이야기하면 되겠군. 자네 러시아어 할 줄 알지, 응?"

"1989년 이후 철의 장막은 사라졌어요. 지금 폴란드에서는 폴란드어를 쓴다고요."

"자, 이제 그만 출발합시다." 다니엘이 그들의 이야기를 끊었다. "구테 대피소까지 표고 1200미터 남았어요."

---

25) Alexis-Charles-Henri Maurice Clérel de Tocqueville(1805~1859), 프랑스의 정치학자 · 역사가 · 정치가. 연구차 미국을 방문한 동안 그곳에 사회적 평등이 구현되고 신분적 차별이 없는 것에 큰 충격을 받고 귀국해 《미국의 민주주의》를 저술했고, 이 저서는 정치학의 고전이 되었다.
26) 우리나라의 '무궁화 꽃이 피었습니다'와 같은 놀이.
27) Charles Bukowski(1920~1994), 독일 출신의 미국 시인 · 소설가.

네 남자의 몽블랑

구테 통로couloir du Goûter…. 그들이 그곳에 대해 나에게 미리 이야기해주지 않은 건 잘한 일이었다. 구테 통로는 300미터의 길이의 협로였다. 쌓인 눈이 얼어서 만들어진 널찍한 판들이 앞으로 튀어나와 있고, 그중 몇 조각은 벌써 아래로 떨어져 내렸다. 위쪽에는 자갈들 한 무더기가 불안정한 그 눈덩이에 겨우 고정되어 있었다. 그 협로를 가로지르는 길은 하나뿐이었다. 그곳을 잘 건널 수 있도록, 양쪽 끝에 쇠줄이 걸려 있었다. 거기에 매달려서 가야 했다. 등반대 한 팀이 우리를 앞서갔다. 맨 앞의 남자가 돌진했다. 그는 눈 위를 전속력으로 달리고, 옆으로 미끄러지고, 일행의 격려를 받으며 다시 출발했다. 일행인 두 남자는 그의 뒤를 바싹 따라갔다.

네 남자의 몽블랑

나는 매혹과 염려 사이를 오가며 그 모습을 구경했다.

"저 사람들 왜 저렇게 뛰어가는 거지?"

"맞혀보세요." 다니엘이 대답 대신 말했다.

다니엘은 내 안전벨트를 쇠줄에 붙들어매고 내 아이젠의 균형을 확인한 다음, 나를 협로 가장자리로 천천히 끌어당겼다.

"제가 출발하라고 말하면, 건너편 끄트머리에 도착할 때까지 계속 달려가세요. 도중에 멈추면 안 돼요, 알겠죠?"

"알았네, 하지만 왜 그래야 되는데?"

"나중에 설명해드릴게요. 준비됐어요?"

나는 심호흡을 하고 고개를 끄덕였다.

"출발하세요!"

처음 10미터는 비현실적이었다. 경사가 급하고, 길이 좁고, 다른 사람들이 지나간 흔적이 깊이 파여 있었기 때문이다. 카라비너들이 쇠줄을 따라 획획 미끄러지는 소리가 들렸다. 나는 옆으로 미끄러졌지만 즉시 자세를 바로잡았다. 뒤에서 다니엘이 외쳤다. "계속 가세요! 계속!" 건너편에 도착했다. 폐가 불타는 것 같았다. 잠시 후 실뱅이 합류해, 이 괴상한 달리기의 이유를 나에게 설명해주었다.

"여기서 사고가 많이 일어나요. 저 위의 돌들 보이죠? 눈이 녹으면 저 돌들이 포탄처럼 협로로 떨어져 내리죠. 사망 사고가 많이 일어나서 이곳을 죽음의 협로라고 불러요."

"정말이지 고약한 통로야." 장 크리스토프가 짧게 말했다. "그런데 난 더 고약한 순간들을 경험한 적이 있어. 눈은 거의 없었지만, 밧줄에 매달릴 수가 없었지. 잠깐, 저기 좀 봐…."

나무가 쓰러지는 듯 우지끈 하는 소리가 갑자기 울려 퍼지더니, 눈과 자갈이 섞인 더미가 협로로 쏟아져내렸다. 그리고 몇 분이 지나자, 주위가 다시 고요해졌다. 다른 등산객은 벌써 쏜살같이 달려가고 없었다.

동료들이 구테 대피소까지는 아직도 세 시간 정도 남았다고 나에게 알려주었다. 나는 다니엘에게 더 자주 멈춰서 쉬자고 청했다. 실뱅과 장 크리스토프는 먼저 가서 대피소에서 우리와 만나기로 했다. 걸음을 멈추고 쉴 때마다, 나는 바닥에 앉아 위를 올려다보았다. 비행접시 모양의 그 악마 같은 대피소 건물은 내가 도달할 수 없는 곳처럼 보였다. 두 시간 동안 더 고군분투를 했는데도 여전히 조그맣게 보였다. 그 사실이 내 의지에 심각한 상처를 냈다.

"힘드세요?" 다니엘이 물었다.

"응, 진이 다 빠져버린 것 같아."

"당연한 일이에요." 그가 고도계를 확인하며 나를 안심시켰다. "여긴 고도가 3600미터가 넘어요. 이런 고도에서는 신체기관이 평소보다 더 많은 에너지를 소비하죠."

"그야말로 녹초가 됐어, 다니엘. 대피소까지는 아직도 멀었나?"

"에너지가 바닥나셨군요. 뭘 좀 드셔야겠네요."

그가 아몬드 페이스트 한 봉지를 내밀었다. 그것을 먹으니 새큼한 맛에 구역질이 났다. 이어서 무화과와 말린 살구를 먹고 설탕을 넣은 차 한 모금을 마셨다. 다른 등반대들이 우리를 추월해 지나갔다. 사람들이 많았다. 우리는 백 명이 잠을 잘 수 있는 대피소에서 모두 다시 만날 것이다. 등산객들은 어디서 온 사람들이든 다들 상냥하고 예의 바르다. 기꺼이 인사를 하고, 몇 마디 이야기를 나눈다. 브로큰 잉글리시라는 이상한 언어로 된 초보적 대화이다. 동유럽에서 온 사람들이 많다. 우리는 국기를 자랑스럽게 배낭에 걸고 다니는 몬테네그로 사람 한 무리와 마주쳤고, 그 사람들에게서 그곳의 역사가 불러일으키는 경의를 느꼈다.

대피소로 이어지는 마지막 길은 육체적으로 힘들었다. 암벽의 상태가 열악하고 통로들이 좁았기 때문이다. 게다가 겨우내 얼었던 얼음이 녹으면서 바위들이 쉽게 부서지는 상태였다. 그 파편들이 내 손안에 남았고 그런 탓에 잠시 몸의 균형을 잃었다. 다니엘과 나는 저녁 7시에 서쪽 사면을 통해 그 비행접시에 도착했고, 쇠로 된 구형球形 건물의 거의 전체를 두르고 있는 테라스로 나갔다. 우리는 숙박비와 저녁 식사비를 치러 관례상의 절차를 완수했다. 그곳은 고객 관리 소프트웨어까지 포함해 모든 것이 근사한 새것으로 구비되어 있었다. 심지어 젊은 여직원조차 그곳을 신기해하는 표정이었다. 그녀에게서 반드시 효율을 뜻하는 것은 아닌 가벼운 흥분이 감지되었다. 우리는 맥주를 들고 다시 테라스로 내려갔다. 실뱅과 장 크리스토프는 벽에 등을 기대고 담배를 피웠다. 해는 아직 하늘 높이 떠 있었다. 그 강렬한 열기 때문에 바다 같은 다른 곳에 와 있는 듯한 착각이 들었다. 하지만 우리는 몽블랑 정상에서 겨우 800미터 떨어져 있었다. 오늘 아침 이후 우리가 표고 2000미터를 주파한 사실을 고려하면 별것 아닌 거리로 보였다. 나는 지쳐빠진 내 불쌍한 다리를 내려다보았다. 그리고 '심장아, 너는 왜 뛰고 있니? 머리야, 너는 어떻게 버티고 있니?'라고 나 자신에게 물었다. 나는 위험을 무릅쓰고 양말을 끌어내렸다. 물집이 잡히진 않았지만, 예상했던 대로 상처가 나 생살이 노출되어 있었다. 오늘 아침에 붙인 밴드도 제대로 붙어 있지 않고 떨어져나갔다. 더이상 다니엘에게 감출 수는 없었다. 이 상처 때문에 정상적으로 걷는 것이 힘들어질 테니까. 아까 걸은 마지막 한 시간도 무척 고통스러웠다. 다니엘이 내 발을 꼼꼼히 살펴보았다.

"산에서 발에 상처가 생기면 골칫거리죠. 잘 돌봐야 해요. 다행히 상태가 그렇게 심각하진 않네요. 제가 밴드를 이중으로 붙여드릴게요."

잠시 후 다니엘이 약품 상자를 가지고 왔다. 그의 처치는 정확하고 믿음직스러웠다. 손가락을 떨지도 않았다. 옆에서 지켜보던 실뱅이 빈정거리다가 장 크리스토프에게 외쳤다.

"저명한 의사에게 수술해달라고 해야 하지 않을까요?"

반응이 없었다. 장 크리스토프는 눈을 감고 있었다. 다음에 쓸 작품의 소재를 찾아 어디론가 정신의 여행을 떠난 걸까? 이상한 기분이 들었다. 동료들이 무척 가깝게 느껴졌다. 이들 덕분에 내가 이런 특별한 모험을 하게 되었다는 생각이 들었다. 하지만 이 모험에 어떤 가치가 있는지 어떻게 알지?

"내일까지는 이것으로 충분할 거예요. 통증을 막아줄 거고, 걸을 수도 있을 겁니다. 하지만 그래도 조심하는 차원에서 뭘 좀 드릴게요."

이 말에 장 크리스토프가 마비 상태에서 깨어나 우리 쪽으로 고개를 돌리고 물었다.

"자네 그 친구한테 뭘 주려는 거야?"

다니엘이 약품 상자에서 동종요법 약제 튜브 두 개를 꺼냈다.

"이것을 먹으면 아편을 먹는 것 같은 효과가 나타나요." 그가 말했다. "출발하기 8시간 전에 먹어야 합니다. 효과가 나타날 때까지 시간이 좀 걸리거든요. 제가 벌써 시험해봤습니다. 효과가 좋아요."

"그렇구먼." 장 크리스토프가 의심스러워하는 표정으로 말했다. "난 사람들이 복용하는 그런 오래된 약의 효능을 한 번도 믿어본 적이 없어. 하지만 자네가 가져온 그 약은 달라 보이는군. 정말 아편에서 추출한 건가?"

"제가 알기로는 아편 성분을 묽게 희석한 겁니다. 저녁 식사 후에 드세요. 그러면 내일 통증과 피로 그리고 근육통을 이겨내는 데 도움이 될 겁니다."

"내가 먹을 건 없나? 나도 한번 먹어보고 싶은데." 장 크리스토프가 말했다.

다니엘이 흰색의 조그만 정제 세 알을 손바닥에 쏟았고, 장 크리스토프는 그것을 곧바로 꿀꺽 삼켰다.

"내 몸도 강철은 아니니까…."

대피소 내부는 안락했다. 연한 색 나무 장식이 구내식당과 공동 침실의 주조를 이루고 있었다. 그곳은 4000미터 고도에 있는 일종의 이케아였다. 실뱅은 주사위 게임에 끼어 러시아 사람들과 함께 보드카를 마셨다. 요리사 한 사람이 기타를 쳤고, 러시아 사람들은 목청 높여 노래를 불렀다. 장 크리스토프와 나는 8시 30분에 자러 위층으로 올라갔다. 피곤했지만 사실 우리 둘 다 잠을 청하고 싶지 않았다. 하지만 새벽 3시에 출발하는 팀들이 2시에 총집합하기로 되어 있었다. 우리는 마지못해 침대로 갔다. 장 크리스토프는 어깨 넓이 때문에 자그마한 나무 사다리를 통해 자기 침대로 기어 올라가느라 무척 고생을 했다. 그가 투덜거리며 불평했다. 천장도 너무 낮았다. 그는 10분 동안 이불과 사투를 벌였다.

"밤 동안 내가 소변이 마렵지 않길 기도하자고." 그가 말했다. "안 그러면 자네가 나를 자일에 묶어 내려보내야 할 테니까."

방은 대낮처럼 밝았다. 7월 초여서 낮이 무척 길었다. 마치 자정에도 해가 지지 않는 스칸디나비아 지역에서 잠을 자는 기분이었다.

"자네는 걸어다니는 약국이지." 장 크리스토프가 나에게 말했다. "혹시 수면제 좀 없나?"

"스틸녹스가 있어요."

"잘됐군."

그가 팔을 뻗었다. 나는 스틸녹스 두 알, 그리고 나를 위해 자낙스 한 알을 꺼냈다.

"그래도 벤조디아제핀은 조심하게나. 스틸녹스는 성분이 혈액 속에서 빠르게 녹아 없어지지만, 벤조디아제핀은 효과가 오래 지속되거든. 귀마개 줄까?"

"네, 주십시오. 뒤꿈치 때문에 영 불편하네요. 걷는 데 방해가 돼요."

"걱정 말게나, 지나갈 테니. 안 그러면 자낙스를 더 먹어. 그럼 독주를 마신 듯한 효과가 날 걸세. 이제 실뱅이 러시아 사람들에게 완전히 털려서 돌아오기 전에 자게나. 난 그 친구가 더 걱정이야. 어서 자자고!"

그가 귓속에 귀마개를 꽂고 눈에 수면용 안대를 썼다.

새벽 2시에 공동 침실에 불이 켜졌다. 직물을 개고 옷을 정돈하는 부스럭거리는 소리 속에, 등산객들은 말 한마디 없이 분주하게 움직였다. 내 침대 밑에서 다니엘이 자기 배낭을 뒤졌고, 장 크리스토프는 벌써 등산복을 거의 갖춰입은 모습이었다. 실뱅은 뭘 하고 있지? 나는 몸을 기울여보았다. 그는 옷을 모두 입은 채 시트도 걷어내지 않고 침대에서 자고 있었다.

　"저 친구 신발도 안 벗었군." 장 크리스토프가 손전등으로 그를 비춰보며 나에게 말했다. "맙소사, 이건 믿을 수 없는 일이야. 이런 친구는 선사시대로 돌아가야 해!"

2시 15분. 구내식당은 고개를 숙이고 아침 식사를 하는 등산객들의 침묵에 싸여 있었다. 유리창 너머로 저 아래의 샤모니가 요람의 축소 모형처럼 반짝이는 모습이 보였다.

2시 20분. 실뱅이 얼빠진 표정으로 내려왔다. 그는 자리에 앉아서 안경을 꺼내더니, 눈살을 찌푸리며 테이블 위에 놓인 커피 사발을 찾았다. 한눈에 봐도 심한 숙취에 시달리고 있다는 걸 알 수 있었다.

"어젯밤에 보드카를 좀 과음한 것 같아요." 그가 눈짓을 하며 나에게 말했다.

장 크리스토프가 자기 커피 사발에서 고개를 들고는 투덜거렸다.

"자네가 지난밤 새로 사귄 소련 친구들과 복도에서 큰 소리로 노래를 불러서 사람들을 모두 깨운 것 같아."

"아, 그래요? 우리 소리를 들으셨어요? 제기랄." 실뱅이 말했다. 실뱅은 정말 놀라고 후회하는 것 같았다.

"붉은 군대 합창단이 대피소에서 노래하는데, 그 소리를 못 듣기도 힘들지." 장 크리스토프가 다시 자기 커피로 고개를 숙이며 대꾸했다.

2시 40분. 신발 보관대에서는 짧았던 지난 밤 동안 완전히 마르지 않은 신발창과 스패츠 냄새가 났다. 나는 밴드를 붙인 발을 축축하고 차가운 등산화 속으로 밀어넣었다. 바깥은 기온이 영하 18도이고 강풍까지 불었다. 흥분, 걱정 그리고 추위가 고통을 잠재워버렸다.

2시 55분. 우리는 벌판으로 나갔다. 어둠이 칠흑처럼 짙었다. 우리 위쪽 멀리에, 벌써 산행에 나선 다른 등반대들이 보였다. 헤드 랜턴 불빛들이 작은 궤도를 이루어 어둠 속에서 반짝였다. 나는 《제르미날》[28]에 나오는 광부들을 생각했다.

완만한 비탈길에서 등반이 시작되었다. 실뱅과 장 크리스토프가 자일로 몸을 묶었고, 다니엘과 나는 후미에서 따라갔다. 우리는 깊은 어둠 속을 나아가는 반딧불이었다. 랜턴 불빛이 비추는 범위는 몇 미터로 한정되어 있었지만, 우리가 가야 할 거리를 측정하는 데는 문제가 없었다. 다른 등반대

---

28) 프랑스의 자연주의 작가 에밀 졸라가 1885년에 발표한 소설. 탄광촌 광부들의 파업 이야기를 다루고 있다.

들의 행렬이 신비로운 순례자들의 행렬처럼 반짝거렸고, 나는 등산이라는 행위의 영적 차원을 실감했다. 우리는 스포츠적 성취만을 위해 몽블랑에 오르는 것이 아니다. 산 정상을 정복하는 행위 자체를 위해, 뭔가를 기원하기 위해, 육체적 단련을 위해서도 그곳에 오른다. 다니엘이 준 아편은 뒤꿈치의 통증을 완전히 없애주지는 못했다. 아이젠을 내리찍을 때마다 날카로운 통증이 느껴졌다. 다니엘은 내가 나아가는 모습을 주의 깊게 관찰했고, 나는 '악착같이' 집중했다. 다니엘이 나를 규칙적인 속도로 걷게 했고, 우리 사이에 당겨진 자일 때문에 나는 최대 속도로 걸을 수밖에 없었다. 다니엘은 우리가 구테 봉우리에서 추월했던 등산객들처럼 말없이 집중했다. 고도 4362미터의 발로 대피소refuge Vallot에 다다를 때까지는 멈추지 않는 것이 좋을 거라고 그가 나에게 알려주었다.

4000미터부터 산소가 희박해졌다. 혈액 속의 산소부족을 보충하기 위해서인지 심장박동이 빨라졌다. 숨이 가쁘고, 체중이 300킬로그램쯤 나가는 기분이 들었다. 구체적으로 설명할 수 없는 뭔가가, 지금까지 경험하지 못했던 느낌이 내 몸을 짓누르고, 둔하게 만들고, 속도를 늦추었다. 목적지가 눈에 보이지 않는 만큼, 내게는 그 등반이 끝없이 길게만 느껴졌다. 얼음처럼 차가운 바람이 우리의 얼굴을 후려쳤고, 기온이 영하 20도까지 내려갔다고 다니엘이 나에게 알려주었다.

발로 대피소는 지키는 사람이 없는 원시적인 건물이었다. 산행을 하다 문제가 생길 경우 거기로 후퇴할 수 있었다. 우리는 잠시 멈춰 서서, 새벽빛에 드러나는 주위의 전경을 감상했다. 새벽 5시였다. 무화과가 든 시리얼 바 하나를 먹고 뜨거운 감초차 두어 모금을 삼켰다. 그런 다음 보스 능선arête des Bosses을 공략하러 다시 출발했다. 경사가 무척 가팔랐고, 나는 감히 뒤를 돌아보지 못했다.

실뱅과 장 크리스토프가 먼저 출발했고, 나는 그들이 산을 어루만지는 금빛 햇살 속으로 나아가는 모습을 바라보았다. 몽블랑 정상에 다다르기 전 마지막 단계인 보스 능선에서 보이는 알프스 산맥의 찬란한 풍경이 저항할 수 없는 아름다움으로 나를 사로잡았다. 모든 것이 알맞은 자리에 있었다. 색조 하나하나, 눈 덮인 둥근 산자락 하나하나, 암석의 모서리 하나하나가 음악 없는 오페라의 악보 속에서 조화를 이루었다. 이 마지막 단계를 가는 동안, 나는 몸을 조금 움직이는 것

조차 힘이 들었다. 그것은 속도가 빨라지면서 나타난 질식할 듯한 느낌에 맞선 끝없는 투쟁이었다. 다니엘이 나를 격려해 주며 내 리듬에 맞게 가라고 조언했다. 마지막 200미터는 무척 험했다. 거기서 포기하는 사람들도 있는 것 같았다. 우리가 따라가던 좁은 능선의 연장부 어느 모퉁이에서 갑자기 몽블랑의 순결하고 아름다운 원구圓丘가 보였다. 장 크리스토프와 실뱅이 우리가 도착하는 모습을 지켜보았다. 그들 주위에는 다른 등반대들이 벌써 피켈을 바닥에 꽂고 돌처럼 우뚝 서서 알프스 전도全圖를 관조하고 있었다. 친구들 쪽으로 가는 동안, 나는 울고 싶은 욕구를 억누를 수가 없었다. 다행히도 얼굴과 눈이 가려져 있었다. 고글 렌즈 뒤에서 눈물이 줄줄 흘러내렸다.

오전 8시였고, 우리는 4807미터 고도에, 서유럽에서 가장 높은 산꼭대기에 있었다. 나는 주위를 둘러싼 풍경 전체를 천천히 바라보았다. 땅 위의 모든 사물을 정확히 굽어보는 곳, 아무것도 능가하지 못할 이런 '천연의 갑岬' 위에 서본 것은 난생처음이었다. 진부하게 들릴 수도 있지만, 그곳에 서니 그런 생각이 절실하게 들었다. 어쨌든 그것이 내가 오래 전에 가졌던 질문에 대한 유일한 대답이었다. 어렸을 때 나는 골짜기에서 몽블랑을 올려다보며 감탄했고, 저 꼭대기에 다다른 사람은 어떤 기분이 들지 궁금해했다.

지금은 오전 9시이다. 해가 하늘에서 한 단계 더 높이 올라갔다. 벌써 햇볕이 산괴를 덥히고 있었다. 바람이 단숨에 잦아들었다. 우리는 이탈리아 사면 쪽으로 몸을 돌리고 눈 위에 앉았다. 우리의 발밑에 아오스트 골짜기vallée d'Aoste가 펼쳐져 있었다. 우리는 코냑 한 병을 돌아가며 마셨다. 고도가 높아서인지, 코냑의 풍미가 열 배로 더 강하게 느껴졌다. 실뱅이 시가에 불을 붙였다. 그는 신선한 공기 속으로 푸른 시가 연기를 뱉어냈다.

"어때요, 상상했던 것과 같아요?" 실뱅이 미소 띤 얼굴로 나에게 물었다.

"실제로 가보기 전에는 그곳이 어떤지 알 수 없지. 이상하게 들리겠지만, 내가 지금 무엇을 원하는지 모르겠어…."

"아, 그래. 그러면 풍경을 감상하는 것부터 시작하게나." 장 크리스토프가 말했다.

"이런 일주일은 한 번도 경험해본 적이 없는 것 같아요.

솔직하게 말하면, 난 절대 여기까지 올라오지 못할 거라 생각했어요. 친구들, 곤조 등산을 위하여 건배!"

7월에 몽블랑 정상에 오르면, 시간이 몇 시이든 항상 정오 같다. 태양이 수직으로 내리쬐고, 사람들은 하늘을 똑바로 올려다본다.

"어쨌든 이 짧은 산책이 마음에 드신 것 같네요." 다시 내려가기 위해 벙어리장갑을 끼고 비니를 쓰고 있을 때, 실뱅이 나에게 말했다.

"코냑하고 담배 때문에 현기증이 나."

"분별을 잃지만 않으면 다 괜찮을 걸세." 장 크리스토프가 우리 뒤를 지나가며 말했다.

"바람이 일어나네요. 시간을 더 끌면 안 되겠어요." 다니엘이 말했다. 다니엘은 우리보다 몇 미터 낮은 곳에서 카라비너의 수를 세고 있었다. "이쪽으로 오세요, 뤼도빅. 편하게 내려가도록 자일을 조금 길게 묶자고요. 이미 알고 계시지만, 지켜야 할 원칙을 다시 말씀드릴게요. 뒤축을 눈 속에 깊이 박아넣으며 걷고, 경사가 급해져도 당황하지 마세요. 되도록 몸을 움츠리지 마시고요. 그러면 사소한 움직임에도 몸이 힘들어져요."

"내려가는 건 한결 쉬울 거라고 생각했는데."

"그럴 수도 있죠. 하지만 집중력을 유지해야 돼요. 해가 지기 전에 표고 2500미터를 주파해야 하거든요."

"갑시다! 한 시간 뒤에 발로에 도착하고, 세 시간 뒤에 테트 루스에 도착하고, 다섯 시간 뒤에는 산장 테라스에서 아페리티프를 마셔야죠!" 실뱅이 돌풍 속에서 시가를 흔들어 끄면서 말했다.

"난 두 시간 뒤에 구테에서 맥주 한 잔 할 거야. 급하게 내려가기 싫고, 말라바 프린세스Malabar Princess[29]처럼 빙하 위에서 부서지고 싶지도 않아." 장 크리스토프가 말했다.

우리는 50미터쯤 걸어가다가 보스 능선 바로 위에 멈춰 섰

---

29) 반세기 전 몽블랑 꼭대기에 추락한 인도의 제트기 이름.

다. 그 높이에 서니 나 자신이 마치 거인처럼 느껴져 골짜기들을 성큼성큼 뛰어넘고 한 번 펄쩍 뛰어 저 아래 아라비스 산맥 뒤 주네브 평원plaine de Genève에 다다를 수 있을 것 같았다. 그럼에도 불구하고, 남은 길은 한없이 길게만 보였다.

"자, 자네의 운명을 선택해야 할 순간이 왔어." 장 크리스토프가 빈정거렸다. "자네는 왼쪽을 선택해 이탈리아에서 새 삶을 시작할 수 있어. 그러면 많은 이점이 있을 거야. 아니면 그냥 똑바로 가서 계속 작가들을 돕는 일을 하든가. 잘 생각하게나. 우린 자네가 몽블랑에서 추락했다고 말할 거고, 백 년 뒤 사람들은 꽁꽁 얼었지만 완벽하게 보존된 자네의 시신을 발견해 국립출판조합에 전시하겠지."

"오늘밤엔 비박을 하면 어때요, 참신한 생각 아니에요?" 내가 말했다.

"그건 금지되어 있어. 돌풍이 불어 멀리 날아가버릴지도 모른다고."

"맞아요, 여긴 예티[30]의 영역이거든요." 실뱅이 덧붙였다.

---

30) 티베트나 히말라야에 산다고 전해지는 설인雪人. 키가 1.5~2미터 정도로, 온몸이 긴 털로 덮여 있고 머리 위쪽이 솟아 있다고 한다.

"창³¹⁾의 노란 스카프를 본 적도 있어요."

고도가 낮아질수록 고산의 특별한 대기가 우리를 조금씩 놓아주었다. 바람이 늑대 울음소리를 내고, 갈가마귀 울음소리가 인간의 말들이고 빙하가 내는 우지끈 소리가 현악기 소리인 침묵의 대기.

높이가 아드레날린을 자극했고, 심장이 빠르게 뛰었다. 통증이 잠잠했고, 다리 근육에 화끈거림도 느껴지지 않았다.

보스 능선 끄트머리에서 길이 발로 대피소로 내리꽂혔다. 경사가 너무 급해 허공을 두 손 가득 움켜잡을 수 있을 것 같았고, 비탈길 300미터 위쪽에 걸린 구름판 가장자리에 서 있는 것처럼 아이젠이 공중에서 나를 붙들었다. 걸음걸이가 다시 신중해졌다. 천천히 하산하는 것도 전적인 집중을 요구했다. 그 눈벽 속에서 내가 밟는 것은 바닥이 아니라, 가득 찬 곳과 빈 곳 사이의 회색 지대였다. 나는 행복감에 싸여 있었지만, 그곳은 내 자리가 아니었다. 나는 고산의 불청객이었고, 초대받지 않은 곳에 불법으로 들어간 사람들이 모두 그렇듯이, 추방당할까봐 불안했다.

---

31) 벨기에 만화 《탱탱의 모험》에 나오는 등장인물.

오후 3시경이 되어서야 3167미터 고도의 테트 루스 대피소 건물이 눈에 들어왔다. 6시간 동안 쉼 없이 하산하다 보니 발의 상처가 다시 악화되었고, 구테 협로를 건너기 전에 다니엘이 붙여준 밴드도 떨어져나가 등산화 속에서 살과 피가 범벅이 되어버렸다. 통증이 온몸으로 퍼져나가, 아픈 곳의 위치가 정확히 분간되지 않았다. 빙하 원곡圓谷의 갖가지 아름다움, 자신의 색이 바뀐 것을 알아차리지 못하고 있는, 왕관처럼 둘린 산봉우리들의 아름다움, 이 모든 아름다움을 나는 뒤꿈치 통증의 아크 방전[32] 때문에 제대로 감상하지 못했다.

테트 루스 대피소 테라스는 몽블랑에서 내려온 등산객들과 곧 그곳을 정복할 거라고 호언장담하는 사람들 사이에 가벼운 포옹이 이루어지는 즐거운 교차로였다. 나는 분설 위에 털썩 주저앉았다. 그리고 뒤로 벌렁 나자빠져 눈을 감았다.

"이봐요, 뤼도빅, 괜찮으세요?" 다니엘이 물었다.

"죽을 것 같아. 다리를 움직일 수가 없고, 발의 상처가 엄

---

32) 기체방전이 절정에 달해 전극 재료의 일부가 증발해서 기체가 된 상태. 음양 두 극 간의 전위차가 낮아 큰 전류가 흐른다.

청 아파.”

“자네들 뭐 하고 있어? 여기서 이 야만인들과 다 함께 야영을 할 건 아니잖아.”장 크리스토프가 말했다.

“뤼도빅의 배터리가 완전히 방전돼버렸어요.”

“곧 도착할 거야. 기운을 내라고.”장 크리스토프가 말했다. “마지막 열차가 저녁 6시에 니 데글에서 출발하니까 꾸물거리면 안 돼. 그 열차를 놓치면 소들이 다니는 작은 길을 통해 생 제르베로 내려가야 한다고. 두 시간 동안 재미없이 걸어야 할 거야.”

“제가 제대로 알아들은 거라면 빨리 가야 되겠네요. 벌써 4시니까요.”내가 말했다.

“빨리 가야죠.”다니엘이 말했다. “당신 다리도 괜찮을 겁니다. 자, 출발하자고요!”

대피소를 우회하고 테트 루스 고개를 뒤로하자마자, 우리는 스키 활강로처럼 넓은 통로 꼭대기에 도착했다. 길이 구불구불 이어져 있어서 내 눈에는 끝도 없이 길어 보였다. 다니엘이 자기 피켈을 바닥에 꽂았다.

그가 분설 속에 앉으며 말했다. “자, 이제 제가 하는 대로 똑같이 따라 하세요. 배낭은 배에 딱 붙이고요. 오케이?”

내가 미처 대답하기도 전에, 다니엘의 말을 제대로 이해하기도 전에, 실뱅이 큰 소리를 지르며 비탈에 배를 깔고 엎드리더니, 장딴지를 공중으로 올리고 파도를 타는 서퍼처럼 미끄러졌다. 나는 그가 속도를 높여 다른 등산객들을 추월하는 모습을 지켜보았다. 걸어가던 등산객들도 재미있다는 듯 웃으며 그를 바라보았다. 이어서 다니엘이 봅슬레이 선수처럼 미끄러져 내려갔고, 나도 다니엘의 뒤를 이어 털썩 몸을 날렸다. 행복감이 밀려와 기쁨의 탄성이 목구멍 안에 차올랐고, 나도 동료들처럼 큰 소리로 환호성을 질렀다. 장 크리스토프가 나를 오른쪽으로 비스듬히 가로질렀다. 그러더니 더욱 속도를 내어 활강로를 직선으로 미끄러졌고, 선두에 있던 실뱅을 따라잡았다. 이제 아픈 곳이 아무 데도 없었고, 나는 어린아이처럼 친구들을 뒤쫓아 50미터쯤 더 미끄러져 내려갔다. 친구들은 마치 촘촘히 대형을 이룬 악당들 같았다. 그 취할 듯한 미끄럼 속에서, 내가 중압감으로부터, 그동안 정확히 식별하지 못했던 슬픔으로부터 비로소 벗어났음을 깨달았다. 그것은 심각하지 않은 이 친구들, 등산가로 변장한 이 작가들과 함께했기에 가능한 일이었다. 이들은 그 엄청난 폭풍우 속을 통과하도록 나를 도와주었다. 나는 떠들썩한 환호성 너머로 내 고마운 마음을 큰 소리로 외쳤다. "고마워요!" 면전에서 말하면 쑥스러워할 것이 틀림없었기 때문이다. 그렇게 나는 그 미친 듯한 환호성 한가운데에서 최근 열달 동안의 쓰라린 기억들을 떨쳐내고, 동료들에게 내 감사한 마음도 표현할 수 있었다.

7월 말이면 파리는 시민들이 바캉스를 떠나 텅 비어버린
다. 세바스티앵 보탱 로路의 사무실로 돌아온 나는 아직 바
캉스를 떠나지 못한 동료들로부터 축하 인사를 받았다. 바캉
스 시즌이 오기 전 마지막으로 열린 출간 심사위원회 때 앙
투안 갈리마르[33]가 내가 보낸 사진 몇 장을 보여주었다고 했
다. 몽블랑 정상에서 장 크리스토프 · 실뱅 · 다니엘과 함께
찍은 사진들 말이다.

복도에서 아카데미 프랑세즈 회원인 피에르 노라Pierre

---

33) 갈리마르 출판사의 창립자인 가스통 갈리마르의 손자. 3대째 출판사의 대표를 맡
고 있다.

Nora와 마주쳤다. 우리는 인사를 나누었고, 그는 당황한 표정으로 나를 보며 말했다.

"몽블랑에 갔다고 들었는데요. 당신이 등산을 하는지는 몰랐네요…."

"이번에 처음 간 겁니다. 저도 제가 등산을 할지는 몰랐어요."

"아, 그래요? 장 크리스토프도요?"

"아뇨, 그분은 여러 해 전부터 등산을 했어요. 실력이 무척 좋습니다."

"그럼 당신들과 함께 있던 그 청년은요. 그 청년 이름이 뭡니까?"

"실뱅입니다…."

"아, 그렇군요. 그러니까 그 젊은이는 작가이자 모험가네요, 그렇죠?"

"그렇다고 볼 수 있겠네요."

"대단하군요…. 그런데 정말 장 크리스토프가 당신들과 함께 갔습니까? 아니, 그 사람은 당신들과 비슷한 또래가 아니어서요."

"그분은 우리와 함께 가는 것 이상의 일을 해주었어요. 여러 번 앞장서서 코스를 선택해주었죠."

"놀랍네요. 그 사람은 많은 일을 해왔지만, 등산가라는 사실은 처음 알았어요. 당신들이 거기서 한 모험에 대해 나에게 조금 이야기해줘요."

"꼬박 이틀 동안 등반을 했습니다. 전날 구테 대피소에서 잠을 잤고, 오전 8시 전에 정상에 도착하기 위해 새벽 2시에 일어났어요."

"굉장하군요! 정말 축하합니다. 실은 나도 산을 무척 좋아해요. 하지만 지독한 고소공포증이 있어서 너무 높은 곳에는 올라가지 못하지요. 정말 유감스러운 일이에요."

"이번 등반을 하기 전까지는 저도 똑같은 생각을 했습니다. 하지만 친구들이 제가 고소공포증을 이기도록 도와줬습니다."

"그래서 어땠나요, 거기서 무엇을 봤어요?"

"제가 가장 놀랐던 것은 곳곳에서 그 산을 정복한 선구자들의 흔적이 발견된다는 사실이었습니다. 이를테면 많은 길에 그들의 이름이 붙어 있고 종교적인 상징물들이 놓여 있었어요. 원시적이라고 생각되는 산 정상에 다다라 조그만 성모 마리아 상을 발견하는 것은 묘한 일이지요."

"흥미로운 경험이네요. 프랑스에서 풍경 속에 깃든 역사를 발견하는 것은 매우 중요한 일이지요. 그런데 그 위에 도착해서 무엇을 했습니까?"

"긴장을 풀었죠! 무척 겁을 낸 뒤라, 풍경을 만끽하려고 애썼습니다."

"잘 이해가 안 되네요. 아까 고소공포증을 느끼지 않았다고 말했잖아요."

"고소공포증요, 네, 그랬죠. 하지만 여전히 허공이 무서웠어요. 우리는 누구나 추락에 대한 두려움을 경험하게 마련이고, 저는 그 두려움이 아무 일이나 저지르지 않도록 우리를 잡아준다고 생각합니다."

"그렇겠네요, 그런데 당신 친구⋯ 아까 그 친구 이름이 뭐라고 했죠?"

"테송요⋯."

"그래요, 테송⋯ 아마도 그 친구는 그런 문제가 없겠지. 좋아요. 그런데 장 크리스토프는 어땠나요? 나는 아카데미[34]

---

34) 아카데미 프랑세즈를 말한다. 장 크리스토프 뤼팽은 2008년에 아카데미 프랑세즈의 회원으로 선출되었다.

에서만 그 친구와 교류하는데, 그 친구가 자일과 추락방지용 안전벨트를 차다니 놀라워요. 상상하기가 힘들군요."

"그분은 그런 장비들을 잘 다룹니다. 자일만 해도 복잡한 여러 가지 조작법이 있거든요. 암벽에 가면 그걸 할 줄 알아야 해요. 때로는 허공에 매달리기도 해야 하고요."

그는 나를 좀 더 잘 살펴보려는 듯, 눈가에 주름을 잡고 가까이 다가왔다. 그러더니 내 팔을 붙잡고 말했다.

"그러니까 당신은 영웅이네요, 진정한 영웅이야!" 그러고는 천천히 뒤로 물러나며 손을 흔들어 인사했다.

멀어져가는 그의 모습을 바라보며 나는 그가 펴낸 책들을 생각했다. 그중에서도 《기억의 장소들Les Lieux de mémoire》은 내가 대학에서 역사를 공부할 때 참고도서였다. 나의 동시대인 한 명이 그 책들을 모두 집필했다고 상상하기란 힘든 일이다. 거기에 담긴 명석한 분석이 그 책들을 시간을 초월한 것으로 만들었으니 말이다. 앞으로는 피에르 노라를 만나면 산에 대해 이야기하겠지. 그는 내가 내 등반에 대해, 그리고 인간의 역사가 욕망으로 표시해놓은 그 원시적인 기념물들에 대해 이야기해주는 것을 좋아하니까.

9월 어느 날 새벽 2시가 지난 시각에 파리에서 또 한 번의 밤 모임이 있었다. 센 강 우안과 좌안의 허파들이 천천히 숨을 쉬고, 강의 대동맥이 아직 뜨듯한 강기슭들을 따라 차가운 물을 흘려보냈다. 엄격한 야간영업 금지조치 때문에 라탱 구역의 바들은 모두 문을 닫았다. 생 미셸 광장의 커다란 카페 한 곳만 열려 있었고, 그곳의 테라스 좌석에 실뱅과 함께 자리를 잡았다. 우리는 일을 하느라 긴 하루를 보내고 온 참이었다. 우리에게 합류한 영국인 친구 윌리엄처럼. 그는 자신이 새로 출간한 책에 관한 긴 강연들을 하고, 영국 비밀정보기관에 관한 자료 작업도 했다. '이제 뭘 하죠?' 모히토의 열기에 사로잡히는 동안, 실뱅이 눈짓으로 나에게 이렇게 묻는 것 같았다. 나는 도시 곳곳에서 이곳 생 미셸 분수 쪽으로 모여든 밤의 조난객들을 구경했다. 바로 그때, 갑자기 날카로운 비명 소리가 들려와 우리는 입을 다물고 그쪽을 바라보았다. 술 취한 젊은 남자가 분수 옆에서 친구들에게 물을 뿌린 것뿐이었다. 실뱅이 장식 없이 간결한 강력범죄 전담반 건물들이 서 있는 시테 섬과 오르페브르 강변로를 손가락으로 가리켜 보였다. 나는 그의 말 없는 제안을 거절하는 표현으로 고개를 흔들고 검지손가락으로 내 이마를 두들겼다.

"자네 미친 거 아니야?"

"가능성은 있잖아요. 할 일을 찾아야죠. 이 아름다운 밤 시간이 우리의 손가락 사이로 빠져나가도록 내버려둘 수는 없습니다. 지금 몇 시죠, 편집자 친구?"

"곧 새벽 3시야."

"더할 나위 없이 좋은 시간이네요. 우리 노트르담에 올라가면 어때요? 입고 계신 바지 종류가 뭡니까?"

"청바지."

"완벽해요. 우린 5분 뒤에 제 집에 있을 거고, 10분 뒤에 장비를 갖출 거고, 15분 뒤에는 공략 준비를 마치고 그 성당 발치에 가 있을 겁니다."

"그럼 윌리엄은? 윌리엄은 어떻게 하고?"

"경찰이 순찰을 돌 테니 망봐줄 사람이 필요할 거예요. 이런 말을 해도 될지 모르지만, 난 그쪽 방면에서는 별로 신임 받지 못하거든요."

실뱅이 테이블 위에 지폐 한 장을 던져놓고는 나를 자기 앞으로 밀었다. 우리는 생 미셸 대로를 거슬러 올라가기 시작했다. 짙은 잎사귀가 우거진 마로니에 나뭇가지들 너머로, 갈색과 노란색의 하늘이 우리가 이 마지막 여름밤의 야간통행 금지령을 깨뜨려주길 기다리고 있었다.

우리는 더운 밤공기 속을 빠르게 나아갔다. 각자 청바지 위에 추락방지용 안전벨트로 무장하고 있었다. 실뱅이 50미터짜리 자일, 자기확보줄, 고정장치들을 가져왔다. 고정장치들이 그의 다리에 부딪쳐 찰그랑 소리를 냈다. 시간을 벌기 위해 안전벨트에 카라비너로 고정한 암벽화가 넓적다리를 따라 부딪치는 것이 느껴졌다. 우리는 생 자크 로를 달려 강변으로 갔다. 다리를 지나고, 작은 숲 옆, 그늘들이 흔들리는 노트르담 성당 앞 광장을 건넜다. 성당과 주변 광장에 둘린 철책을 넘기에 가장 좋은 장소인 그로 푸앵송 로 모퉁이에서 우리를 기다리고 있던 윌리엄과 접선했다. 윌리엄은 불빛을 피해 어느 건물 현관 밑에 숨어 담배를 피우고 있었다. 그가 불안한 표정으로 주변의 움직임을 살폈다.

"빌어먹을… 경찰이 쫙 깔렸어요!" 그가 중얼거렸다.

"놀랄 일도 아니지. 우린 경찰청 앞에 있고, 여긴 비지피라트[35]가 작동하니까."

"방금 전까지 경찰차가 두 번이나 왔다 갔다니까요." 윌리엄이 걱정했다.

"시간 허비하지 말자고요." 실뱅이 말했다. "윌리엄, 경찰이 우릴 본 것 같으면 뢰도빅에게 전화를 해요. 그러면 우리가 도망칠 수 있을 테니까."

실뱅은 이 말을 남기고 반대편 보도를 향해 돌진했고, 나는 바싹 붙어 그의 뒤를 따라갔다. 실뱅은 철책을 넘기 위해 가로등을 타고 올라갔고, 뒤로 해서 자갈 깔린 길 위로 뛰어내렸다. 나는 조금 시간을 끌다가 그 첫 번째 장애물을 넘었다. 실뱅처럼 유연하지도 민첩하지도 않았기 때문이다. 우리는 서로 등을 맞대고 웅크려앉아 암벽화 끈을 묶고, 신고 온

---

35) Vigipirate, 프랑스에서 주로 사용하는 경계경보 시스템 이름.

신발은 추락방지용 안전벨트에 고정했다. 성당 발치에 도착했을 때는 어둠이 한층 짙어져 있었다. 실뱅이 헤드 랜턴을 켰다. 기묘한 침묵이 흘렀다. 그가 지붕에 도달하기 위한 진입로를 나에게 가리켰다. 그것은 예배당과 교회 정면 사이에 있는 빗물받이 홈통이었다.

"제 말을 잘 들으세요. 저는 저기로 올라가, 당신이 올라올 수 있도록 자기확보줄을 설치할 거예요. 그러니 당신은 제가 저 위에 도착해 때까지 기다렸다가 출발하세요. 제가 지붕에서 당신의 안전을 확보해야 하니까요."

그의 숨결에서 럼주 냄새가 풍겼고, 나는 정말 이래도 되는 건지 궁금해졌다.

"자! 무슨 말인지 알아들으셨죠?"

"그래, 하지만 주위를 잘 살펴. 내가 볼 때 자네의 계획은 한계가 있는 것 같아."

"다행인 점은 만약 우리가 실패해도 경찰·법의학자·사제 등 필요한 모든 것이 근처에 있다는 겁니다. 다바이! 다바이!³⁶⁾"

---

36) 러시아어로 서두르라는 뜻.

실뱅이 빗물받이 홈통을 타고 몇 미터 올라가다가 멈추었다. 그가 숨을 몰아쉬며 투덜거리는 소리가 들렸다.

"무슨 일이야, 실뱅?" 내가 낮은 소리로 물었다.

"젠장! 우리가 기어 올라가는 걸 막으려고 당국에서 빗물받이 홈통에 그리스를 칠해놨어요. 개자식들!"

"할 수 없지, 다시 내려오게나…."

"말도 안 돼요. 오늘 밤 노트르담을 우리 것으로 만들고 말겠습니다…."

홈통 표면이 끈적거려 올라가기가 결코 녹록치 않았지만, 그는 끝내 고집을 부리며 빗물받이 홈통과 사투를 벌였다. 오푸스 데이Opus Dei[37]와 프랑스 건설부를 저주하기까지 했다. 하지만 40분간의 힘든 사투가 끝난 뒤, 코니스[38] 위에 우뚝 선 그의 실루엣이 갈색과 노란색의 하늘을 배경으로 뚜렷이 보였다. 실뱅이 설치해준 자기확보줄 덕분에 나도 15분 만에 똑같은 여정을 완수했다. 양쪽 뺨에 땀이 흘러내렸다. 젖 먹던 힘을 다해 두 팔로 계속 끌어당겨야 하는 힘든 과정

---

37) 스페인 신부 에스크리바가 1928년에 창설한 가톨릭 종교단체. '오푸스 데이'는 라틴어로 '신의 사역'이라는 뜻이다.
38) 서양의 옛 건축물에서 처마 끝에 돌출된 부분.

이었다. 땀을 닦으려고 이마를 훔치니 손바닥에 미끌미끌한 물질이 느껴졌다.

"괜찮아요?" 실뱅이 물었다.

"의문을 제기하지 않고 카라비너만 꼭 붙잡았어."

"이 그리스 정말 끔찍하고 위험하네요. 당국에서 이런 사악한 생각을 해내다니 놀라워요. 이건 정말이지 인정머리 없는 짓이에요. 자, 저것 좀 보세요." 그가 수 미터 길이의 날개를 펼친 독수리 형상의 조각상에 랜턴을 비추며 말했다.

우리는 성당 첨탑의 기저부에 있었다. 실뱅이 저 뾰족한 꼭대기까지 올라갈 거라고 나에게 알려주었다. 두 개 층에 걸친 양쪽 측면에 박공벽으로 둘러싸인 창문들이 있고, 등신대의 청동상들이 보였다. 12사도 상像인데, 복음서 저자 네 명의 상징들과 함께 세 명씩 줄지어 서 있었다. 실뱅이 우리 쪽에 가까이 있는 청동상 그룹에는 도마 사제가 있는데, 19세기에 이 성당을 복구한 건축가 비올레 르 뒥Viollet-le-Duc의 얼굴을 모델로 해서 만들어졌다고 설명해주었다. 나는 잿빛이 감도는 그 녹색 조각상의 엄격한 얼굴을 살펴보았고, 빅토르 위고의 얼굴이라면 더 좋았을 거라고 생각했다. 다른 조각상들과 달리, 그 조각상은 관찰하는 사람들의 눈길을 피해 자신의 작품을 보며 조심스럽게 감탄하려는 것처럼 첨탑 쪽으로 고개를 기울이고 있었다.

"굉장해." 내가 실뱅에게 말했다. "이 위에 볼 것이 이렇게 많은 줄은 몰랐어. 정말이지 박물관이 따로 없군."

"저 건축가의 조각상에 대해 어떻게 생각하세요?"

"독창적이고 꽤나 위풍당당해. 하지만 이런 기념물에 자기 얼굴을 갖다 붙이다니, 겸손하지는 않았던 것 같아."

"네, 저도 그렇게 생각해요. 그 정도로 이 성당 건물이 가까이 접근하는 예술가들을 사로잡았나 봐요."

우리 위에는 40미터 높이의 첨탑이 우뚝 솟아 있었고, 첨탑 끝부분까지 규칙적으로 나 있는, 쉼표처럼 둥그렇게 말린 가장자리 장식이 달린 작은 총안들이 보였다. 우리는 그 가장자리 장식을 붙잡고 첨탑 꼭대기를 향해 기어 올라갔다. 9월의 뜨듯한 밤바람을 맞으니, 마르세유에 불어와 자동차들에 붉은 모래를 뿌려놓는 시로코[39]가 생각났다. 원추형 첨탑의 끝부분은 컴퍼스 끝부분만큼이나 날카로웠다. 우리는 그 양쪽에 자리 잡은 뒤, 첨탑에 잘 붙어 있기 위해 자일로 몸을

---

39) sirocco, 덥고 건조한 지중해의 동남풍.

고정했다. 지면으로부터 정확히 93미터 높이였다. 그곳은 파리 시내가 잘 내려다보이는 특별한 전망점이었다. 밤에 시테섬에서는 생 자크 탑·팡테옹·생 쉴피스·돔 드 랭스티튀 등 수도의 역사적 기념물들만 보이기 때문이다. 라 데팡스구역의 마천루들은 보이지 않는다. 실뱅이 시가에 불을 붙였다. 바람이 불어와 성냥불이 자꾸 꺼져서 여러 번 불을 붙여야 했다.

밤에 높은 곳에서 도시를 내려다보면, 몇몇 건물들이 보인다. 그 건물들은 표면 전체 혹은 일부가 반투명해서 독특해 보인다. 창문들은 발광성 유기체처럼 오렌지색 불빛을 발한다. 지금은 새벽 4시 반이고, 우리는 담배를 피우고 있다. 옷이 마치 굴뚝청소부처럼 그을음투성이이다. 실뱅이 거무스레해진 손가락 사이로 시가를 돌리며 나를 유심히 살폈다.

"멋있긴 한데, 진이 완전히 빠져버렸어." 내가 말했다.

"저도 이 빌어먹을 빗물받이 홈통을 기어오르느라 죽는 줄 알았어요. 보통은 산보다 이런 건물을 오르는 것이 더 쉬운데 말이에요. 제가 몽블랑에서 우리는 모든 것이 무너져버린 시대를 살고 있다고 말한 건 사실 농담이었어요. 우리 인간들이 아무리 많은 기계를 만들어도, 여전히 돌덩이가 불시에 굴러 떨어져 우리를 압도하잖아요."

"여기서는 그런 종류의 위험은 없지."

"어쩌면 우리 인간들에게는 연약함이 필요한지도 몰라요. 어차피 인간은 굴복해야 한다는 기분도 들고요. 이상한 일이지만, 인간들은 최고의 상태일 때 곤두박질하려고 애쓰는 것 같아요. 그렇게 생각하지 않으세요?"

"구획 설정을 잘못하는 거지."

"맞아요." 그가 웃으며 말했다. "그렇긴 하지만, 좋은 소식도 있어요…. 뭐 짚이는 거 없으세요?"

"모르겠는데."

"우린 한 시간 전부터 90미터 높이에 앉아 있는데, 당신은 고소공포증을 느끼지 않잖아요."

"이런, 정말 그렇군. 그 생각은 미처 하지 못했어."

"마침내 고소공포증의 종말을 축하할 순간이 온 거예요, 친구."

삶의 기로에 선
중년 남자의 힘겹고 즐거운 일탈

중년이 될 때까지 제대로 된 등산이라고는 한 번도 해보지 않은 남자가 이혼에 직면하여 어찌할 바를 모르고 힘들어하다가 얼떨결에 몽블랑 등정에 따라나선다. 어렸을 때 몽블랑 정상을 올려다보며 저 꼭대기에 다다르면 어떤 기분일지 궁금해하긴 했지만, '고소공포증' 때문에 그런 높은 곳에 실제로 올라가볼 생각은 감히 하지 못했다. 그러던 차에 작가이자 모험가인 실뱅 테송이 그의 이야기를 듣고 몽블랑 정상에 데려가주기로 약속한 것이다.

실뱅은 술과 담배는 그대로 해도 상관없으며, 일주일에 두세 번 조깅을 하고 팔굽혀펴기와 턱걸이를 해서 체력을 다지면 된다고 장담한다. 실뱅 말에 따라 몸을 만들기 위해 열심히 운동하던 중 무릎에 통증이 생겨 병원에 가보지만, 의사는 높은 산에 올라가기 위해 몸 만드는 일은 그렇게 하는 것이 아니라며 술 담배를 끊고 진통제와 진정제 · 수면제를 갖다 버리라고 충고한다.

그러나 오랫동안 중독처럼 이어져온 습관을 하루아침에 버린다는 것은 쉽지 않은 일. 저자는 술 담배도, 약도 끊지 못한 채 몽블랑 등정에 나선다. 암벽등반 세계 챔피언 다니엘 뒤 락과 예순이 훌쩍 넘었지만 다년간의 등반 경험이 있는 작가 겸 의사이자 외교관 장 크리스토프 뤼팽도 이들과 합류한다.

몽블랑 등반을 대비한 적응훈련이 시작되고, 예상대로 첫날부터 힘겨운 사투가 펼쳐진다. 신중한 전문 산악인 다니엘과 재기발랄한 분위기 메이커 실뱅, 나이는 많지만 독설과 유머로는 어느 누구에게도 뒤지지 않는 장 크리스토프, 이 세 남자의 도움을 받으며 뤼도빅 에스캉드는 일생 최대의 모험을 힘겹고도 즐겁게 헤쳐 나간다.

몽블랑 산군山群 곳곳에 대한 실감 나는 묘사와 등반하며 만난 사람들과의 정감 넘치는 추억, 무엇보다 세대를 초월한

네 남자의 '케미스트리'가 읽는 내내 웃음을 머금게 하는 에세이이다.

책 말미에서 실뱅 테송은 "어쩌면 우리 인간들에게는 연약함이 필요한지도 모른다"고 말한다. 사람들이 위험을 무릅쓰고 높은 산에 오르는 것도 자신의 '연약함'을 깨닫고 세상과 겸허하게 마주할 힘을 얻기 위한 것은 아닐까?

2018년 봄

최 정 수

네 남자의 몽블랑

첫판 1쇄 펴낸날 2018년 5월 24일

지은이 | 뤼도빅 에스캉드
옮긴이 | 최정수
펴낸이 | 박남희

종이 | 화인페이퍼
인쇄·제본 | 한영문화사

펴낸곳 | (주)뮤진트리
출판등록 | 2007년 11월 28일 제2015-000059호
주소 | 서울시 마포구 토정로 135 (상수동) M빌딩
전화 | (02)2676-7117 팩스 | (02)2676-5261
전자우편 | geist6@hanmail.net
홈페이지 | www.mujintree.com

ISBN 979-11-6111-018-9 03860

* 책값은 뒤표지에 있습니다.